支える側が支えられ
教える側が教えられ
育てる側が育てられる

# プロローグ

父に遺言で認知症の母の介護を託《たく》された。いやいやながら始めた母の介護だった。母の存在は、自分にかかる手枷足枷《てかせあしかせ》のように感じていた。葛藤《かっとう》と苦しみの中で、いつも私はあらがいながら母の命に向き合い続けた。しかし、今振り返ってみると、私の自由を奪っていた母との苦悩の日々こそが、私を導き、私に何と多くのことを教えてくれたことか。そして、私を思い悩ませた日々の中で、手放し捨てたと思っていたものが、再び私の中で豊かに生まれ始めたのである。

若い頃、友人たちとバンドを組み音楽活動に熱中していた。図書館に行き、歌の歌詞の参考にしようとたまたま手に取ったのが谷川俊太郎さんの詩集『日々の地図』だった。その中の「道」という作品に触れた時、自分も谷川さんの後を歩きながら、詩人を生業《なりわい》にしたいと思うようになった。

詩を書くことを生業にして生活をしていくことはそう容易いことではない。私は大学を出て学校の教員となり、長崎で教師をしながら詩を書いていく道を選んだ。

そんな時だった。「お母さんがアルツハイマー型認知症だ」と、熊本に住む父から電話があった。認知症で変わっていく母の姿や母をかいがいしく介護する父の姿を、私は長崎で手をこまねいているだけだった。

介護疲れがたたって、父が心臓の発作で亡くなった。父の遺言を受け、私が母の介護をすることになった。しかし母を長崎に連れてくることができず、熊本の施設に預け、遠距離で介護を始めた。土日が介護で潰れるため、仕事がどんどん溜《た》まっていった。

認知症が進むにつれ、母は徘徊したり、同じ話を繰り返したり、排泄物《はいせつぶつ》を撒《ま》き散らしたりと、わけの分からない言動が増えていった。教師の仕事をしながら母の世話をすることで精一杯になり、詩を書く時間など全くなくなった。母のことをほったらかそうと思ったこともあった。母が死んでしまえばいいとひどいことを考えたこともあった。しかし、私には母を見捨てることはできなかった。詩人になるという夢を私は捨てた。詩を書くことをやめ、目の前にいる母と精いっぱい向き合った。

詩を手放し、その代わり母の手を取り一緒にどこまでも歩いた。うんこやおしっこのにおいにうんざりしながらも、肌がかぶれないように丁寧におむつを替えた。垂れてくる涎《よだれ》の臭いにうんざりしながらも、わけの分からない話にずっと付き合った。徘徊すれば泣きながら一晩中母を探した。母とともに必死に生き抜いた日々だった。

そうした母との時間から自ずと生まれてくる詩があった。母から離れ、一人になると書こうと思わずとも自ずと詩は生まれてきた。母が私を通じて詩を書いているのではないかとさえ感じたほどだった。そして、何と多くの詩が生まれたことか。この二十年で七冊の母の詩集が編まれ、ありがたいことに多くの方々に読み継がれてきた。母を放り出して詩を握り締め、母を拒み続けたままだったら、これほど多くの詩は書けなかったように思う。母の介護という体験は、手枷足枷ではなく、母から私への「問い」ではなかったか。その問いに私なりに答えていくことで、私の人生の行くべき道が明らかになっていったように思うのだ。

# 自選　藤川幸之助詩集
# 「支える側が支えられ　生かされていく」目次

## 第三章　満月の夜、母を施設に捨てた

## 第四章　闇の中では光のありかがよくわかる

## 第五章 死を見つめ生の豊かさを知った

装幀――石間　淳
題字・装画・挿画――藤川　幸之助
本文デザイン――スタジオファム

# 第一章　母の認知症は他人事だった

父——六十五歳
母——六十歳
私——二十六歳

私は長崎の平戸で
小学校の教師をしていた。
父母は熊本の片田舎に住んでいた。
「お母さんがアルツハイマー型認知症だ」と、
父から電話があった。私はそこから
逃げることばかりを考えた。
火の粉がふりかかってこないようにと
逃げる言い分けばかりを探した。
父も重い心臓病だったが、
「これまでお母さんと歩いてきた
人生のまとめだ。
命がけでやるつもりだ」
と父はまっすぐ私の目を見て言った。
私にとっては
どこか他人事であった。

# 母の日記

認知症が進む中でも、
母は日記を書き続けていた。
日記は、毎日同じ文面で始まり、
幾行かの出来事が書いてあって、
毎日同じ文面で終わっていた。
時には前の日の日記を
そのまま写しているときもあった。

「知っているんだけど」と前置きしながら、
簡単な字を何度も何度も聞く母。
優しく教える父。
私が日記をのぞくと
怒ったように
書くのをやめてしまっていた。

日がたつにつれて、
字のふるえがひどくなり、
誤字や脱字が目立ち、
意味不明の文が増えていく。

もう日記なんて書かなくなった母。
私はそんな母の日記をくりながら、
自分の名前の書いてある箇所だけを探す。
どんなにか母に心配をかけていたことにも、
ひどく母と言い争ったことにも、
私の部分には、
「あの子はやさしい子だから」と
書き添えてある。
いつか私が母の日記を読む日が
来るのを知っていたかのように
「あの子はやさしい子だから」と
必ず書き添えてある。

# 手帳

母が決して誰にも見せなかった手帳。
鉛筆付きの黒い小さな小さな手帳。
いつもバックの底深く沈め
寝るときは枕元に置き、見張るように母は寝た。

手帳には、びっしりと
忘れてはならぬ人の名前が書いてある。
父の名前、兄の名前、私の名前…。
そして、手帳の最後には、
自分自身の名前が、ふりがなを付けて、
どの名前よりも大きく書いてある。
その名前の上には、何度も鉛筆でなぞった跡。
母は何度も何度も、自分の名前を覚え直しながら、
これが本当に自分の名前なんだろうかと、

薄れゆく自分の記憶に
ほとほといやになっていたに違いない。
母の名前の下には、
鉛筆を拳で握って押しつけなければ
付かないような黒点が、
二・三枚下の紙も凹ませるくらい
くっきりと残っている。

＊

父・母・兄・私の四人で話をしていたとき
母は自分の話ばかりをした。
母は同じことばっかり繰り返し言った。
病気とも知らず
父も兄も私も母を邪魔者にした。
母はいつの間にかそこにいなくなっていた。

母を探すと

三面鏡の前に母は座っていた。
記憶の中から消え去ろうとしている
自分の連れ合いの名前や
息子の名前を必死に覚え直し、
自分の呼び名である「お母さん」を
何度も何度も何度も唱えていた。
振り返った母の手には、手帳が乗っていた。
私に気がつくと、母は
慌ててカバンの中にその手帳を押し込んだ。
その悲しい手帳が、今私の手の上に乗っている。

# 捨てる

ある日
突然
母が車の窓からゴミを捨てた
ティッシュが花びらのように
車から遠ざかる
セロファンが春の光に
キラキラと光って
私たちから遠ざかっていった

後続の車の人から怒鳴《どな》られた
事情を話し、頭を下げた
母がその大きな怒鳴り声を聞いて
笑うものだから
怒鳴り声がさらに大きくなる

母の笑い声はいつもよりまして
高らかだった

母は言葉を捨てた
母は女を捨てた
母は母であることを捨てた
母は妻であることを捨てた
母はみえを捨てた
母は父を捨てた
母は過去を捨てた
母は私を捨てた
母はすべてを捨て去った
そして一つの命になった
でも私には
母は母のままであった

母が認知症という病気を脱ぎ捨て
生きることを捨てて

あの世への階段を上る時
太陽の光を浴びて
命は輝き
あの時のセロファンのように
私から遠ざかっていくのだろうか

父——六十七歳
母——六十二歳
私——二十八歳

母の誕生日も知らなかった。実家へは盆も正月も帰ったことがなかった。ましてや両親に優しい言葉をかけたこともなかった。そんな私が父母に花見に連れて行こうかと言った。父はおどろいた顔をしてとても喜んだ。もうすっかり忘れていた幼い頃の父母との思い出が私の頭の中でゆっくりほどけていくのを感じた。時間を見つけては少しずつ父母のもとを訪れるようになった。

# 花見

たこ焼きとカンのお茶を買って
父と母と三人で花見をした
弁当屋から料理を買ってきて
花見をやればよかったねと言うと
弁当は食い飽きてね
と父が言った
母が認知症になり料理を作らなくなって
毎日のように弁当屋に行くのだそうだ
弁当屋の小さなテーブルで
二人で並んで弁当を食べるのだそうだ
あの二人は仲のよかねと
病院中で評判になっていることを
父は嬉しそうに話した

この歳になっても
誉められるのは嬉しかね
何もいらん
何もいらん
花のきれかね
よか春ね

母に言葉がいらなくなったように
父にも物や余分な飾りは
いらなくなってしまった

今年もカンのお茶とたこ焼きを買って
母と二人で花見をした
花のきれかね
よか春ね
父の口真似をして言ってみる
独り言を言ってみる

# パチンコ

パチンコに連れて行くと
認知症の母は声を出して喜んだ。
「もう止めておけ、噂になるぞ」
父はそう言っていたが
「母さんパチンコ行くか?・」
と言うと母は首をたてに振って
ニッコリと笑い、私の後についてきた。
私の横に座り
チューリップに玉が入るごとに
ニッコリニッコリする母。
その笑顔を見て
がぜん張り切る私。

一つ一つの玉が

人生の一日一日のようにも思えた。
チューリップに入るラッキーな〈一日〉もあれば
ただ出口の穴へめがけて
すとんと落ちるだけの〈一日〉もあって。

*

その日の台はさっぱりだった。
消えていく玉を恨めしく見つめていたら
隣の席に座っているはずの母がいない。
慌てて探すと
母は床に落ちたパチンコ玉を拾っていた。
他人のパチンコ台の下に手を伸ばし
幸運になるのか
不運に終わるのかまだ分からないパチンコ玉を
一つ一つ夢中で無心に拾っていた。
失った日々を、一日一日
取り戻そうとでもするかのように拾っていた。

「母さんみっともなかよ」
振り返った母は
両手に山盛りのパチンコ玉を
ニッコリと笑って私に差し出した。
パチンコ屋の無駄に明るい照明に照らされて
母の手の中で
パチンコ玉が一つ一つ
落ちてきた流れ星のように光っていた。

# ラムネ

母はラムネの栓《せん》を
ポンと要領よく抜いて
泡が吹き出すラムネの瓶《びん》を
手渡してくれた。

知識をいっぱい覚えておくと
いっぱい身につけて
大人になってから
いいことがある
と言っていたのは母だった。

アルツハイマー・びょう【—病】：ビヤウ
　老年痴呆《ちほう》の一型。初老期に始まり、記銘《きめい》力の減退、知能の低下、高等な感情の鈍麻《どんま》、欲望の自制不全、気分の異常、被害妄想、関係妄想などがあって、やがて高度の痴呆に陥り、全身衰弱で死亡する。脳に広範な萎縮《いしゅく》と特異な変性が見られる。ドイツの神経病学者アルツハイマー（A.Alzheimer 1864-1915）がはじめて報告。

知識から
生まれてくるのは
不安だけじゃないか。
何の役にもたちゃしないぞ
母さん
知識なんて。

ラムネを飲み干して
空になったラムネの瓶を
すかして空を見た。
「お母さん、瓶に青い空が入ったよ」
と、幼い私は言った。
記憶も何も入っていない

空っぽの母をすかして
今、この私に何が見えているのか。
瓶の色で微妙に変わった
幼いときの空の青色を思い出す。

# 二つの小石

父は認知症の母との生活を
日課表に書いて壁に貼っていた
それにあわせ
母といっしょに朝を迎え
母と食事をし
母と声を合わせ歌を歌い
母を座らせ母の化粧をしていた
久しぶりに帰省した息子のことなんか
ほったらかしで

夕刻には二人で手をつなぎ
戦時中には飛行場だった空き地を
二人で歌を歌いながら散歩をした
そして一日が終わり

二つ並べた布団に入り
手だけを出して
母が勝つまでジャンケンをした
淡々とした慎《つつ》ましい生活
この繰り返し

*

三人で川辺へ行った
石ころだらけの川辺だった
大きな石の間に小さな石
小さな石の間にもっと小さな石
みんな静かに寄りそい
川の流れをながめていた

大きな平たい石をえらんで
並んでこしを下ろして
父と母は川下を見つめていた

小さくすり減った二つの石だった
寄り添い支え合う二つの小石だった

私は投げるはずだった小石を
もとの場所へもどした
できるだけ正確に
できるだけ静かに
「死ぬときには
　お母さんを連れて行きたかなあ」
と暮れ残る水面を見つめて
父が言った

# 手をつないで見上げた空は

幼い頃
手をつないで見上げると母がいた
青空は母よりもっと遠くにあって
大きな白い雲が一つ流れていた
幸せのことなんて考えたことがなかった

私がつまずき失敗をすると
私の手を両手で優しく包んで
母はいつも青空の話をした
雲が流れ雲に覆われ
青空は見えなくなり
時には雨が降るから
青空を待ちこがれて
青空の美しさに

心打たれるんだと
何度失敗して何度つまずいたことか
そして何度この話を聞いたことか

認知症の母との日々の中で
苛立ちという雲が出て
悲しみという雨が降った
私は何度も失敗してつまずいても
母は何も言ってくれなくなったが
手をつないで散歩をすると
いつも母は静かに空を見上げていた

青空がただ頭上に広がっている
幸せもまたただあるもの
求めるのではなく
気づくものなんだ
と母と手をつないで
空を見上げるといつもいつも思う

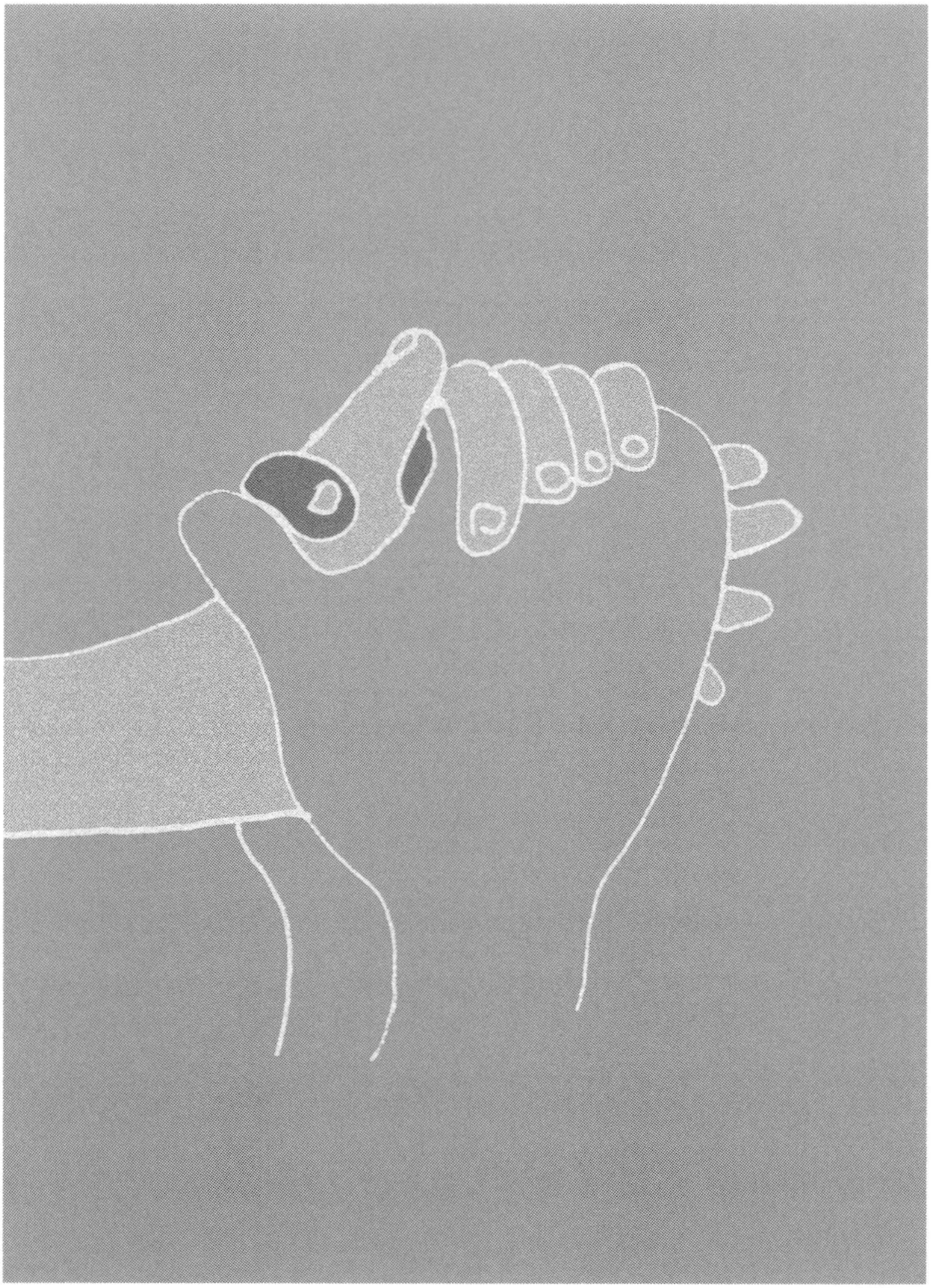

# カステラ

包丁が容易に入り込めない
やわらかさ
切ろうとすると
切ろうとする力の分だけ
カステラはひっこんでしまう

母の柔らかさを左手で確かめながら
母から手渡されたカステラを
右手で握って食べた

母に向けて笑っても
母を嫌っても
母に怒鳴っても

母に泣きついても
私の心の分だけ
ただ母は柔らかくひっこんで
側にいてくれた

包丁をふきんでぬらして切ると
よく切れるのにと
みんなは教えてくれるけど
私は切れにくいままカステラを切る

# 第二章　認知症でも消せないもの

父——七十歳
母——六十五歳
私——三十一歳

認知症で言葉を失った母に向き合う
父の瞳を見ていると、言葉なんてなくても
人と人とは心を交わすことができると
思うようになった。母に眼差しを向け、
母と手をつなぐ父は、重い心臓病だったが
そんな様子はおくびにも見せず、
生き生きとしていた。
認知症でも消せないものがあり、
認知症でも忘れ去ることのできないものがある
ということを知った。
母の心の奥底には深く愛し愛された日々の
思い出が横たわっていることを
父も私も感じていた。

# 約束

今度帰るときには
ライスカレーを作っておくからと
嬉しそうに母は約束した。

久しぶりに実家に帰ってみると
約束通りライスカレーが
テーブルの上においてあった。
食べると母の味つけではない。
レトルトのカレーとハンバーグを
皿に盛りつけただけのものだと
すぐに分かった。
「お母さんのカレーはうまか」
大げさに父は言っている。
「これ母さんレトルトやろ?」

私は不機嫌に言った。

「二つとも時間をかけて作ったんよ」

母は言い張った。

「ちがうよこれは母さんのカレーじゃなかよ」

「お母さんのカレーはうまか」

母の方を向いて大声でまた父が言ったので
私も意地になって言い返えそうとした時
「お母さんのカレーはうまか」

父が私をにらみつけて言った。

母が風呂に入って
父と二人っきりになった。
作り方を忘れてしまって
料理を作らなくなった母のことを聞いた。
私とのライスカレーの約束の話を
母は父に何度も何度も話し
しまいには台所で泣き出したのだそうだ。
だから、父がレトルトのカレーを

用意したたというわけだった。
「幸之助、おまえは幸せやなあ
こんなになってもおまえの好物を
お母さんは忘れとらんぞ」
父がうらやましそうに言った。

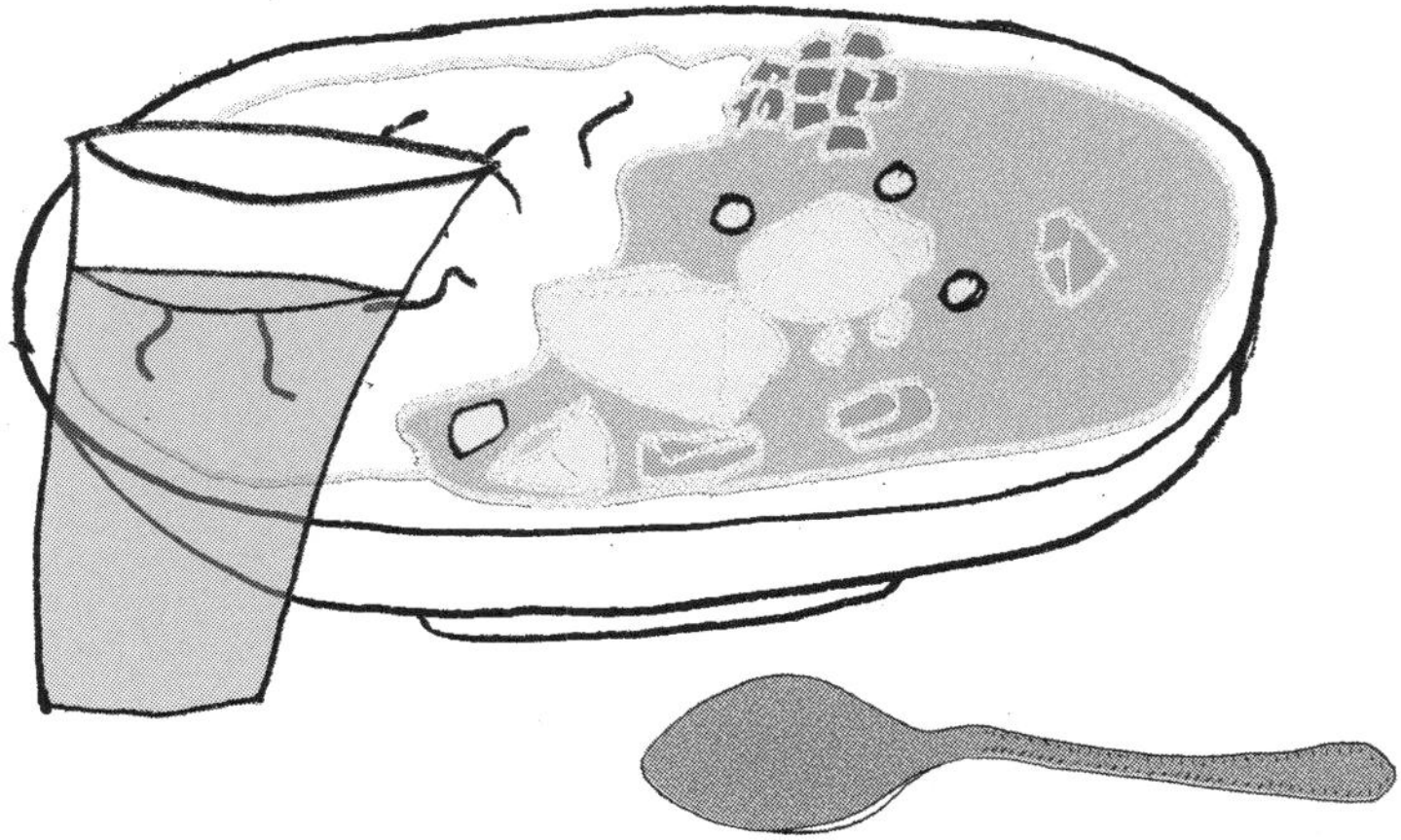

# 布切れ

ビールを買って車に戻ってみたら
母はいなかった。
酒屋の人も一緒になって探してくれた
見知らぬ人も一緒になって
自分のお母さんでもないのに
みんな大声で「お母さん」と叫びながら。
母は酒屋の裏の
ビールの空き瓶の山の向こう側に
隠れるように座っていた。

その夜父は母をきつくしかりつけた。
母は困った顔をした。
私は優しく抱きしめた。
母は安堵した顔をした。

とすぐにうろうろと
またどこへともなく歩きだす。
「こんな夜中に母さんどこに行くとね」
私が母をつかまえると
父は母のはいていたズボンをサッと脱がし
名前と住所と電話番号を書いた布切れを
手際よく縫いつけはじめた。
母はそれでもどこかへ行こうとする。
「母さんそんな格好でどこに行くつもりね」
大きなオムツ丸出しの
アヒルのような母をつかまえて私は笑った。
母もいっしょに笑っていた。

＊

どこへも行かないようにと
布切れを縫いつけた父は死に
どこか遠いところへ行ってしまったけれど

母は歩けなくなった今も
その布切れのついたズボンをはいて
ベッドに横になって私の側にいる。

# こうこく

父から戦争の話を聞いた。
戦争で父は爆撃機に乗っていた。
「命がけだった」
と父は言った。
父の爆撃で
失われた命があるかもしれないと
私が言及すると
父は口ごもった。
戦争など何にも知らない息子に
問いつめられ
父の爆撃機は行き場をなくした。
認知症の母が苦しそうに大声を出した。
「そろそろオムツばい」

と言って、
その爆撃機は
介護など何にも知らない息子に
見送られ
妻の介護という
命がけの戦争の中に
飛んでいった。

母のオムツを替えて戻ってきた父に
「こうこく」のことなんだけれど
と、私は戦争の話を続けた。
父は恥ずかしそうに
「母さんのために
　お金を残しとかんといかんし
　大変なんよ」
と広告を私に見せた。
広告には
安いインスタント焼きそばと

インスタントコーヒーを探し当て
赤丸が付けてあった。
父の「皇国」は
いつの間にか
「広告」に変わって
心の中に生きていた。
死ぬためにではなく
生きるためにである。

# 化粧

あの日、母の顔は真っ白だった。
口紅と引いたまゆずみが
まるでピエロだった。
私の吹き出しそうな顔を見て
「こんなに病気になっても
化粧だけは忘れんでしっかりするとよ」
父が真顔で言った。

自分ではどうにも止められない
変わっていく心の姿を
母は化粧の下に隠そうとしたのか。
厚い化粧でごまかそうとしたのか。
それにしても
隠すものが山積みだったのだろう

真っ白けのピエロだった。

その日以来
父が母の化粧品を買い
父が母に化粧をした。
薬局の人に聞いたというメモを見ながら
父が母の顔に化粧をした。
真っ白けに真っ赤な口紅
ピエロのままの母だったけれど
母の顔に化粧をする父の姿が
四十年連れ添った二人の思い出を
大切に描いているようにも見えた。

＊

父が死んで
私は母の化粧はしないけれど
唇が乾かないように

リップクリームだけは母の唇にぬる。
その時きまって母は
口紅をぬるときのように
唇を内側に入れ
鏡をのぞくように
私の顔を見つめる。

――もういいんだよ母さん。

# 「こんな所」

始終口を開けヨダレを垂れ流し、息子におしめを替えられる身体の動かない母親。大声を出して娘をしかりつけ拳で殴りつける呆けた父親。行く場所も帰る場所も忘れ去って延々と歩き続ける老女。鏡に向かって叫び続け、しまいには自分の顔におこりツバを吐きかける男。うろつき他人の病室に入り、しかられ子供のようにビクビクして、うなだれる老男《およしお》。

父が入院したので、認知症の母を病院の隣にある施設に連れて行った。「こんな所」へ母を入れるのかと思った。そう思ってもどうしてやることもできず、母をおいて帰った。兄と私が帰ろうとするといっしょに帰るものだと思っていて、施設の人の静止を振り切って出口まで私たちといっしょに歩いた。施設の人の静止をどうしても振り切ろうとする母は数人の施設の人に連れて行かれ、私たち家族は別れた。こんな中で母は今日は眠ることができるのか。こんな中で母は大丈夫か。とめどなく涙が流れた。月のきれいな夜だった。真っ黒い自分の影をじっと見つめた。

それから母にも私にも時は流れ、母は始終口を開けヨダレを垂れ流し、息子におしめを替えられ、大声を出し、行く場所も帰る場所も忘れ去って延々と歩き続け、鏡に向かって叫びはしなかったが、うろつき他人の病室に入り、しかられ子供のようにうなだれもした。「こんな所」と思った私も、同じ情景を母の中に見ながら「こんな母」なんて決して思わなくなった。「こんな所」を見ても、今は決して奇妙には見えない、必死に生きる人の姿に見える。

父——七十三歳
母——六十八歳
私——三十四歳

父が死んだ。父は遺言を残していた。「私が先に亡くなった時には、お母さんの世話は幸之助が一人でやっていくこと」とだけ書いてあった。まさに青天《せいてん》の霹靂《へきれき》だった。開けずにおけばよかったと思った。このまま誰の目にも触れないように破り捨ててしまおうかとも思った。認知症の母のことは兄に任せて、少しばかり金を送って遠巻きに見届けようと思っていた。その白い封筒を手に取ると、自分が死ぬ時にはお母さんも連れて行きたいと言っていた父の悲しそうな顔を思い出した。父の命がけの最期の頼みならしょうがないと思い返した。しぶしぶ始めた母の介護だった。

# スピード

秋茜《あきあかね》が飛んでいた
父危篤の知らせを聞き
猛スピードで車を走らせた

フロントガラスに当たって
秋茜が潰れていく
それでも私は急いだ
潰れて潰れて
前が見えないくらい
ぐちゃぐちゃに潰していく
前が見えなくなったので
車を停めて〈命〉をふき取る
そしてまた急ぐ

病院に着いてみると
もう父も
潰れてしまっていた
猛スピードですぎた自分の人生に
押しつぶされて
ここまで父を急がせた
母がゆっくりと
父の亡骸《なきがら》に近づいてくる
母がふっと
死から上手に遠ざかる
死と程々に距離を保って
上手にふっと死を避ける
おれが先に死んだら
一緒に連れていきたかなあ
と言っていた父の言葉を知ってか知らずか

秋茜が飛んでいる
秋のある日

父の死を噛みしめて
ゆっくりと車を走らせた
秋茜がスイスーイと
車をよけて飛ぶ
ぶつかることもなく
潰れることもなく
私の車を避けて飛ぶ

# 領収証

父は
おしめ一つ買うにも
弁当を二つ買うにも
領収証をもらった
そして
帰ってからノートに明細を書いた
「二人でためたお金やけん
　お母さんが分からんでも
　お母さんに見せんばね」
と領収証をノートの終わりに貼る父
そのノートの始まりには
墨で「誠実なる生活」と父は書いていた

私も領収証をもらう

そして母のノートの終わりに貼る
母には理解できないだろうけれど
母へ見せるために
死んでしまったけれど
父へ見せるために
アルツハイマーの薬ができたら
母に飲ませるんだと
父が誠実な生活をして
貯めたわずかばかりのお金を
母の代わりに預かる
母が死んで父に出会ったとき
「二人のお金はこんな風に使いましたよ」
と母がきちんと言えるように
領収証を切ってもらう

私はノートの始めに
「母を幸せにするために」
と書いている

# 父の分まで

父はいつも手をつないで
認知症の母を連れて歩いた。
「何が恥ずかしかもんか
　お母さんはおれの大切な人ばい」
父の口癖だった。

立ち止まっては
いつも母に優しいまなざしを向けて
「大好きなお母さん
　ずっと側におるよ
　死ぬときはいっしょたい」
と、父はいつも言った。
母は屈託のない笑顔を父に返した。

父は過労でぽっくりと逝き
母と一緒にあの世へは行けなかった。
父をまねて母の手を握る。
母の手はいつも冷たい。
私の温かさが母へ伝わっていくのが分かる。
伝わっていくのは言葉ではない。
父をまねて母を笑顔で見つめる。
母は嬉しそうに私を見つめ返す。
伝わってくるのも言葉ではない。

父をまねて
言葉のない母の心の声を聞こうとする。
言葉のない母の心の痛みを感じようとする。
分からないかもしれない。
でも私は分かろうとする。
手をつなぎ、母を見つめて
私は父の分まで母を分かろうとする。

# パソコン

母が私のパソコンを触《さわ》りたがった
パソコンはなあ使っていくうちに
なぜか中がぐちゃぐちゃになって
プログラムがこんがらがって
動かなくなってしまうことがあるんよ
そんなときは初期化と言って
全部消してしまって
最初のまっさらから始められるんよ
何のしがらみもない
何の病気もない
お母さんのぼけなんてみんななくなって
お父さんだって生き返って
また最初から始められるんよ
どこからやったんやろうな

人生がこんなふうになったのは
ぼくもお母さんも今度はそこに来たら
もう間違わんのやけどなあ
と仕事をしながら母に言ったら
母が首を横に振った
お父さんのせいでも
お前のせいでも私のせいでも
世間のせいでもないんだよと
母が首を横に振った
驚いて母を見つめなおすと
蠅《はえ》が母の小鼻に止まっていた

こうなるようになっていたんだ
この自分を生きるしかないんだ
今の自分をやるしかないんだ
と三行パソコンに書いて保存した

# 母の中の父

「更けゆく秋の夜……」
と始まる秋の童謡「旅愁《りょしゅう》」
この歌を
春、桜が咲いていようが
夏、汗だくになっていようが
冬、雪が降っていようが
一年中母の耳元で歌う
この歌を聴けば
認知症の母が
大声を出して叫ぶのだ
しかし、あんまり上手く歌ったら
眠ったままのときがあるので
父の声まねをして
できるだけ下手に歌う

すると、母はぱっと目を開け大声を出す

父は母の手を取り
毎日毎日この歌を歌っていた
父がなくなった今でも
この歌を聴く母の心の中では
父がぽっかりと月のように浮かび
静かに母の心を照らしているのだろう
母の中には父の愛が
結晶となって残っているにちがいない
忘れる病にもわすれることのできない
認知症にもけすことができない
そんなものがあるのだと……

しかし、歌を下手に歌うのが
こんなに大変だとは思わなかったが
私の声の中にも
しっかりと父は生きていて

優しく愛しい父が
私の中にも生きていて

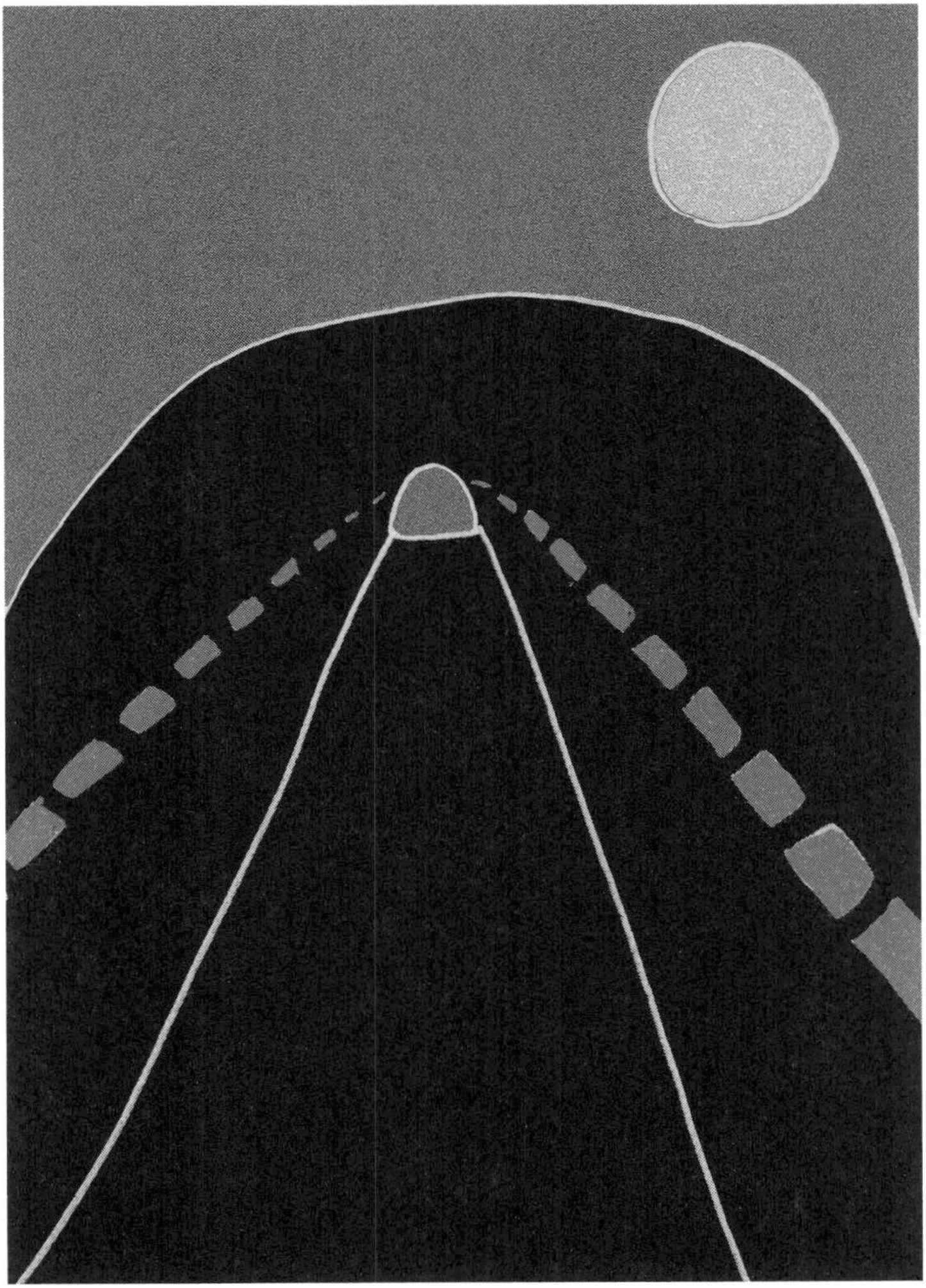

# 第三章　満月の夜、母を施設に捨てた

母――六十八歳
私――三十四歳

母を施設に入れた。
母は施設から帰る私の後を
ずっと着いてきた。
母は私の服の裾を握ってはなさなかった。
しかし、自分の仕事のことや
家族のことを考えると、
母を家に連れてくることはできなかった。
考えて考えてのぎりぎりの選択だった。
母を施設に捨てたと思った。
自分をずっと責め続けた。
親の面倒を見ず施設に入れる
冷たい息子だと思われてはいないか。
いつも人の目が気にかかった。
せめてもの罪滅ぼしに、長崎から熊本まで
五時間の遠距離介護を毎週始めた。

# 餅つき

母と二人で食事をした
外出許可をもらって
正月前なので少しでもご馳走をと思い
鰻《うなぎ》を食べにいった

美味しいのか
美味しくないのか
少ない給料から
思いきってこんなに高い鰻を
ご馳走しているのに
何とか言ってみろと
ぽろぽろ口元からこぼれる
ご飯を拾い
ハンカチで口を拭いてあげながら

冷たく言ってみた

でも母は黙々と食べた
ご飯ばかり食べるので
休んでいる瞬間をねらって
鰻を切って母の口に入れる
まるで息のあった餅つきだ
これは親子でなきゃできないなあ
と嬉しくもなる

母をまた老人ホームに連れていった
その帰り
高速道路のパーキングにあるトイレで
ハンカチを開くと
米の粒と鰻の小骨がカパカパになって
もう半分干からび
餅ができあがっていた。

# キューピー

母はキューピー人形を大切に抱え
やさしくあやしていた
恥ずかしいからやめろと
私が人形を取り上げようとすると
母は決して渡そうとしなかった

取り上げようとした
キューピー人形は幼い私
母は私を抱きかかえて
頭をやさしくなでて
乳をやろうとしていた
畳の上に大切において
大まじめでオムツを替えようとしていた

キューピーちゃんは
パッチリと目を開けて
母の愛を見つめたままだった
母さん！　今は
その子が母さんの
オムツを替えてるんだよ

認知症の人が昔に返るとき
一番充実した日や
一番楽しかった日に返ると聞いた
私もさながらキューピーのように
パッチリと目を開け母を見つめる
愛された日々を思い起こす

# あなたは歩き続ける

「お迎えがきたので帰ります」
夕刻になると
あなたは歩き出す
この世界の決まり事なんか
あなたには何にも関係なくて
あなたの行き着く場所なんか
この世界のどこにもなくて

あなたは歩く
飛ぶことを飛んでいる鳥のように
泳ぐことを泳いでいる魚のように
あなたは歩くことを歩く
あなたの歩く姿が
ふと美しく見えるときがある

あなたは歩き続ける
どこへ？
人生で一番楽しかったあの時間へ
あなたが生まれたあの家へ
愛する人と結ばれたあの場所へ
幼い頃泳いだあの海へ
笑い声が飛び交ったあのちゃぶ台へ
肩を組みあったあの職場へ

私があなたと歩きましょう
あなたが向かっている故郷の話をしながら
私があなたと歩きましょう
あなたの歌ったあの歌を一緒に歌いながら
不安なときは
私の手を握ってください
悲しいときは
愛する人の名前で私を呼んでください

疲れたときは
私と一緒に帰りましょう
あなたが帰るべき場所へ
そして、また明日
あなたの思い出の中を
一緒に歩きましょう

# 寝たきり

一か月ぶりに会ってみると
鼻の上に
母は青あざを作っていた
ホームの中を
徘徊《はいかい》しているとき
ひっくり返ったそうだ

病気にかかる前なら
何のかんのと
愚痴《ぐち》ばかり言っていただろう母が
痛いとも何とも言わず
しわのいっぱい寄った目元の青あざを
しきりに動かしながら
ただ私の顔を見て笑っている

そしていつもと変わらない
笑い声で私に顔を近づけてくる

施設の寮母さんが
母のあざを指さし
深々と頭を下げられた
こちらこそお手数をおかけしましてと
もっと深く頭を下げる
その谷間で母は声を上げて笑っていた

できればいっしょに暮らしたいのですが
何せ働いていてどうしようもなくてと
言い訳がましいことを言った
今は無理でも
寝たきりになられれば
働いているときはヘルパーさんに任せ
いっしょに暮らせますよと
寮母さんが言った

母の病気の進むのを私は
願わなければならないのか
この青あざは母が生きている証なのだ
今度母と一緒に暮らせるのは
母が生きることを止め始めたときか
母の青あざをやさしくなぜてやった

# 母からの手紙

母に会えない週末には
認知症の母への手紙を書いた
お元気ですかで始まり
寂しくないかと付け加え
元気でねと母へ手紙を書いた
言葉のない母はその手紙を
口にくわえてしゃぶると聞いた
手紙は読むものと思っていたが
そんな味わい方もあるものだと
いつもよだれを流しながら
私を見つめる母を思いうかべた

やっと時間ができて
熊本の老人ホームに母を訪ね

その手紙を母に読んであげる
これじゃ手紙の意味がないじゃないか
言葉のない老人と
ろくでもない者が向き合って
その足りない部分を
埋めあって生きている

一人の静かな夜
母からの手紙が届く
文字のない無言の
紙も字もない手紙が届く
いつものようにお元気ですかも
寂しくないかの付け加えもなく
元気でねとどこにも書いていない
母からの手紙が届く
「その自分を生き抜け」と
私の心の中に届く
私の心に響く

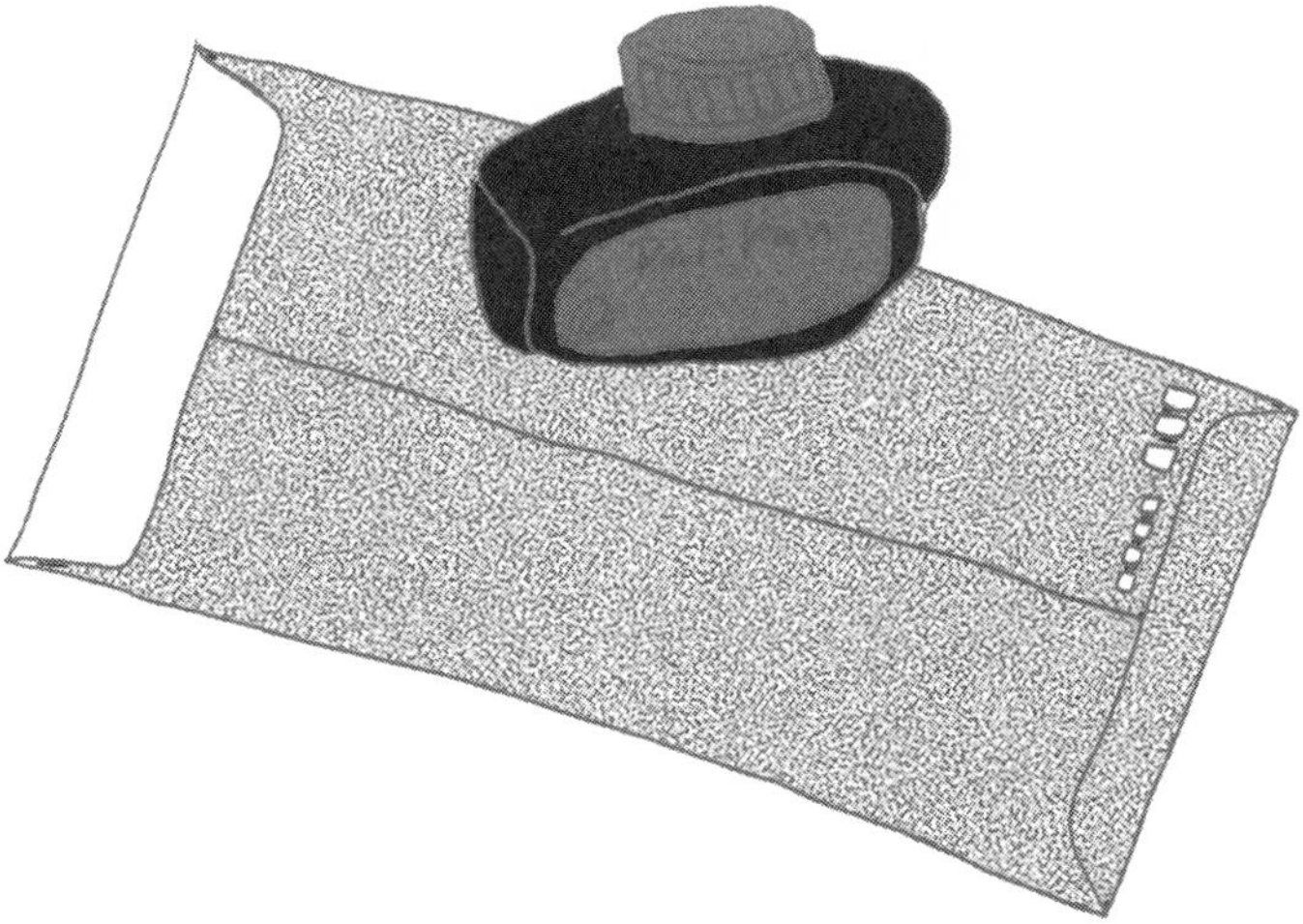

母——七十歳
私——三十六歳

土曜日は午前中で授業を終え、午後二時頃まで翌週の授業の準備をして、熊本の母の施設に向かった。午後七時頃母の施設に到着して、母を施設から連れだし、叔父叔母の家やホテルに一泊して、次の日母を施設に預けて私は長崎に帰った。母の認知症の症状は進み続けた。息子の私が母の親になり、母が私の子どものようになった。徘徊する母を夜通し涙を流しながらさがした。わけの分からないことを何度も何度も繰り返し言う母に苛立った。目を離したすきにどこかへ行こうとする母を人前だろうと大声で叱った。明日終わると分かっていればもっと頑張ることができるのに、終わりの見えない明日に耐えられなかった。

# はじめておむつを替えた日

認知症の母が車の中でウンコをした
臭いが車に充満した
車のシートにウンコが染み込んだ
急いでトイレを探し
男子トイレに駆け込んだ

母を立たせたままおむつを替えた
母は左手の指を口にくわえ
しゃがんだ私を見下ろしていた

狭い便所の中で
母のスカートをおろした
まだ母は恥ずかしがった

おむつをあけると
柔らかいうんこがたっぷりだった

母がうんこを触ろうとした
「おとなしくしとかんとだめだよ」
母のお尻をポンポンとたたいてみた
子供の頃のお返しのようで
少し嬉しくなった

それでも母は触ろうとした
「母さん!　しっかりしろ!」
とにらみ上げ怒鳴った
すると母は驚いて涎《よだれ》を垂らし始め
私の頭に次から次によだれが垂れてきた

私がひるんだすきに
母はついにうんこに触った
「母さん!」とあきれて言うと

呼ばれたと勘違いして
うんこのついた手で
私の肩を触った
もううんざりだった
うんこごとおむつを床に放り投げた
こんなことを今まで
父が一人でやっていたのか

気を取り直して
母のお尻についたウンコを
ティッシュで何度も何度も拭いた
汚れた床も拭き上げた
涙があふれた

はじめて母のおむつを替えた日
なぜ母さんを俺に任せたんだと父を恨んだ
こんなことでは仕事に集中できないと焦った
これでは自分の人生は台無しだと悲しかった

狭い棺桶《かんおけ》のような直方体の
白い便所の中で

鍵を開け母の手を引いて
便所から出た
そして
左手で母をつかまえたまま
私も便器に向かい
右の手で小便を済ませた

# 静かな長い夜

母に優しい言葉をかけても
ありがとうとも言わない。
ましてやいい息子だと
誰かに自慢するわけでもなく
ただにこりともしないで私を見つめる。

二時間もかかる母の食事に
苛立つ私を尻目に
母は静かに宙を見つめ
ゆっくりと食事をする。
「本当はこんなことしてる間に
　仕事がしたいんだよ」
母のウンコの臭いに
うんざりしている私の顔を

母は静かに見つめている。
「こんな臭いをなんで
　おれがかがなくちゃならないんだ」
「お母さんはよく分かっているんだよ」
と他人は言うけれど
何にも分かっちゃいないと思う。

＊

夜、母から離れて独りぼっちになる。
私は母という凪《な》いだ海に映る自分の姿を
じっと見つめる。
人の目がなかったら
私はこんなに親身になって
母の世話をするのだろうか?
せめて私が母の側にいることを
母に分かっていてもらいたいと

ひたすら願う静かな長い夜が私にはある。

# 夕日を見ると

今日もここから
あの夕日が見えました
あの夕日を見ると
いつも思うんです
今日も母にやさしくできなかったと
もっと母にやさしくすればよかったと

ウロウロするな！
ここに座っていろ！
同じことばっかり言うな！
もう黙ってろ！
母さんが病気だって
分かっちゃいるけど
「おれの母さんだろう！

しっかりしろ!」
と、つり上がった目で
何度も何度も母に言って
母は驚いて
私を悲しそうに見つめて
私は言った後自分をずっと責め続けて

この夕日を見ながら
明日こそ母へやさしくしようと
毎日毎日そう思うけれど
毎日毎日このくり返し
母さんごめんなさい
母さんに苛立つぼくを許してください
母さんごめんなさい
こんなぼくを許してください

## そんな時があった

母よ、私はあなたを殺してしまおうかと
思ったことがあった

あなたの子どもの私が
あなたの親になったとき

私の親のあなたが
私の子どものようになったとき

大便にさわりたがるあなたに
大便にさわりたくない私が
「おれの母さんだろう」と叫んだ日

よだれがたれるあなた

よだれで呼吸ができなくなるあなた
「何やってんだ」といらつく私
どうしても指をくわえるあなた
指をくわえさせたくない私

歩き回るあなた
石になってもらいたい私

食べないあなた
でもどうにか食べさせて
元気になって
長生きしてくれと祈った息子の私
その息子の私が
あなたを殺してしまおうかと
思ったことがあった
殺せばあなたのこの認知症という病も
そして、私のこの苦しみも

跡形もなくなくなってしまう
だから、あなたを殺してしまおうかと
思ってしまったことがあった
あったのではなく
そんな気持ちが心のどこか深い所にあって
私にゆっくりと近寄っては
どこか心の深い所に離れていっていた
そんな時が私にはあった

# 親ゆえの闇

また今朝も新聞にあった
介護中の母を息子が殺したと
母が言うことを聞いてくれず
介護疲れから暴力をふるったと
母殺しを決して美談で語ってはならぬ
しかし、私には指差して非難はできぬ
介護に潜むどす黒い闇
親ゆえの闇

食事をなかなか飲み込めず
一時間も食事が続いたかと思うと
今度は立ってどこかへ行こうとする母に
私は苛立って
「あんなにしっかりしていた

お母さんがどうしたとね
　しっかりしてくれよ！」
母の両手首をきつく握りしめ
座らせて何度も何度も叱った
驚いた母はのどに唾液を詰まらせて
息ができなくなって咳き込んだ
背中をさすりながら
このまま母が死んでくれれば
母も私も楽になれるとふと思ってしまった

布団に横たわる母を寝かしつけた
両手首に青あざがあった
背中は見ずに電気を消した
介護に潜むどす黒い闇
親ゆえの闇
毎日毎日自分を責めながらも
この闇の入り口に
私は立ったことがある

# 第四章　闇の中では光のありかがよくわかる

母——七十一歳
私——三十七歳

長距離の運転に疲労困憊《こんぱい》していた。
毎日毎日仏壇の前で母が元気で
長生きできるようにと祈った。祈ったそばから
壁にぬられた母の大便の臭いの中、
床にまき散らされた小便の沼に足を取られて
お母さんもうここらへんで死んでくれないか
とも思った。もううんざりだった。
入院代やおむつ代、お金も心配になった。
こんな生活はもう終わりにしたいと思った時、
母の瞳が私をじっと見据えていた。
幼い私のまとまりのない話を終わるまで
うなづきながら聞いてくれていた時の
母の瞳だった。母の柔らかい笑顔に私は
許され、愛され、無条件に受け入れられていた。
その時もらった愛を少しずつでもいいから
返しながら生き直してみようと思ったのだ。

# 絆

絆とはもともと
動物を繋ぎ止めておく
綱のことらしい
だから絆という言葉は
あまり好きではなかった

仲良く食事をする母と息子を見かけた
絆どころかあんな風に
母と二人で外食したこともなければ
一緒に旅行した記憶もない
思春期以降の母との思い出は
悪態をついて家出したことぐらい

ある日、なんで俺がこんなことを?

と、愚痴りながらも
認知症の母のオムツを替えていると
ふと若い頃の母の顔を思い出した
幼い私のこんがらがった話を
いつまでもいつまでも聞いてくれていた
母の笑顔を思い出した
母と繋がる一本の綱をたぐるように
泣いている私をただただ
理由も聞かずに強く強く抱きしめた
母の柔らかさを思い出した

絆とはもともと
動物を繋ぎ止めておく
綱のことらしい
だから絆が「深い」ではなく
絆が「強い」なのだそうだ
母と繋がる一本の綱を強く引き寄せる

# 私の命が深く強く輝く

# 徘徊と笑うなかれ

徘徊《はいかい》と笑うなかれ
母さん、あなたの中で
あなたの世界が広がっている
あの思い出がこの今になって
あの日のあの夕日の道が
今日この足下の道になって
あなたはその思い出の中を
延々と歩いている
手をつないでいる私は
父さんですか
幼い頃の私ですか
それとも私の知らない恋人ですか

妄想と言うなかれ

母さん、あなたの中で
あなたの時間が流れている
過去と今とが混ざり合って
あの日のあの若いあなたが
今日ここに凜々しく立って
あなたはその思い出の中で
愛おしそうに人形を抱いている
抱いているのは
兄ですか
私ですか
それとも幼くして死んだ姉ですか

徘徊と笑うなかれ
妄想と言うなかれ
あなたの心がこの今を感じている

# さびしい言葉

ある病院で母と同室だったおばあちゃんは
母と同じくらい認知症が進んでいた
看護師さんが来ると必ず
「お願いします死なせてください」
時には私に向かって
「お願いします死なせてください」
また時には認知症の母に向かって
「お願いします死なせてください」
「さびしい言葉ね それはできないのですよ」
看護師さんが言うと
「いやできるはず 死なせてください」

ある日、「死なせてください」を
繰り返すおばあちゃんに

「息がきついのよね」
看護師さんが優しく言うと
「はいきついんです死なせてください」
「さびしいのよね」
「はいさびしいんです死なせてください」
その日はそれからおばあちゃんは
ひとことも喋らず安心したように眠った
そしてその日もおばあちゃんの所へは
誰も見舞いには来なかった
これで一年にもなるらしい

夜静まりかえった病棟
頭の中でめぐり続けるおばあちゃんの声
本当の願いは
「さびしいのです
　誰か一緒にいてください
　生きていたいのです」と
もっとさびしい言葉に聞こえるのだ

# 愚かな病

むかしむかしのこと
認知症を痴《ち》呆《ほう》症《しょう》と言っていた
「痴呆」を私の辞書で引くと
「愚かなこと」と出る
母の病気は愚かになっていく病気らしい

この病気を抱えながら二十数年
必死に生きてきた母のその一日一日
何も分からないかもしれない
何もできないかもしれないけれど
母は決して愚かではない

そんな母の愚かな姿を受け入れられず
ウロウロするなと

何度も何度も苛立ち
訳のわからないことを言うなと
繰り返し叱り
よだれを垂らす母を
恥ずかしいと思った
私の方がよっぽど愚かなのだ

忘れ手放し捨てながら
母は空いたその手に
もっと大切なものを
受け取っているにちがいない
その大切なものを瞳に湛えて
静かに母は私を見つめている

# 旨いものを食べると

旨《うま》いものを食べると
病院に入ったまんま死んだ父が
フッと私のそばにやってくる
食わせたかったなあ
あの時無理をしても
鰻《うなぎ》を買ってきて食わせてやればよかった
病院の食事なんて今日は残していいさ
なんて言ってやって
早く出て母の世話をと焦ったあまり
症状を隠して
死んでいった父

自分が大声を出して笑っていると
今老人ホームにおいたままの

母がフッと私のそばにやってくる
いっしょに笑いたいなあ
自分だけ楽しんで
母さんごめんねと
笑い声に
ザバンと水がかかる
ジュッと
いつもの私に戻る

三日前私は
食堂で百五十円やすい
コロッケ定食にした
昨日は
バラエティー番組の笑い声を聞いて
不機嫌にテレビのスイッチを切った
今日も
缶ビールを飲むのをやめた
五ヶ月前に買った缶ビールが

冷蔵庫の中で
飲まれる明日を待っている

# この手の長さ

背中のあたりがかゆくて苦しんでいると
「一人では
　何でもかんでもできないように
手はちょうどいい長さに作ってあるのよ」と母は言って
ぼくの背中の手の届かないあたりを
かいてくれた

そんなに言っていた母も認知症になり
母一人では何にもできなくなった
母一人では渡れない川を
二人で渡りきろう
母一人では登れない山を
二人で越えよう
人が孤独にならないように

人が愛で引き合うように
人が人を必要とするように
人が傲慢《ごうまん》にならないように
この手をこのちょうど良い長さに
作ってあるに違いない

ぼくの人生の地図の一部が
母の中にあり
母の人生の地図の一部が
ぼくの中に
きっと潜んでいるに違いない

# 扉

すっかり私のことなんて
忘れているかもしれない。
母に会うのは久しぶりだった。
老人ホームに行った。

認知症の高齢者の中で
静かに座って私を見つめる母が
涙の向こう側にぼんやり見えた。
私が帰ろうとすると
何も分かるはずもない母が
私の手をぎゅっとつかんだ。
そしてどこまでもどこまでも
私の後をついてきた。

＊

私がホームから帰ってしまうと
私が出ていった重い扉の前に
母はぴったりとくっついて
ずっとその扉を見つめているんだと聞いた。

それでも
母をホームに入れたまま
私は帰る。
母にとっては重い重い扉を
私はひょいと開けて
また今日も帰る。

母——七十二歳
私——三十八歳

私にとってはノブを回して軽く開けるだけの扉も母にとっては重い重い扉だった。振り返ると型板ガラス越しにこちらを見つめる母の輪郭《りんかく》だけが見えた。扉を見つめながら、出て行った私の後ろ姿や私との思い出を頭の中にめぐらせているのかもしれない。既に母には言葉がなくなっていたので、毎週この扉を見るたびに、まるで母のむき出しの心を見るようだった。私は熊本の施設から長崎に母を連れてくる決心をした。

# 霊柩車

二年ほど住んだ熊本の老人ホームから
母を私の住む街へ連れて来ることにした。

ストレッチャーに寝かせたまま車に乗せた。
行きたくないのか母は大声をあげた。
その車は父を火葬場に運んだ
細長い霊柩《れいきゅう》車と全く同じ型の車だった。
大勢の人が涙を流し
母との別れを惜しんでいる。
これも父の葬儀の時と同じだ。
ただ父は棺桶の中で黙って寝ていたが
母はストレッチャーの上でわめいている。
そして横に座っている私がだいているのは
父の遺影ではなく母への花束。

運転手がクラクションを鳴らした。
父を火葬場へ送った時
この世から父を断ち切るため鳴らした音と
全く同じ響きの音だった。

母が嫁ぎ
母が私を生み
母が笑い
母が涙をながし
母が自分を刻みこみ
最後にはその名さえ
すっかり忘れ去ってしまった場所。
そこから母を断ち切って
息子の私の住む場所へ母を連れてきた
別世界へ行く練習でもするかのように
霊柩車に似た車で。

# 誕生日

プレゼントは下着二枚とパジャマ一着
ケーキを買ってみたものの
ロウソクの火を消すのも
そのケーキを食べるのも
誕生日の歌を歌うのも私なのだ

母が認知症になるまでは
母のことなんてどうでもよかった
母の誕生日なんてすっかり忘れていた
自分の好きなことだけ懸命にやった

自立してからも私の誕生日には
母は忘れず電報を送ってくれていた
オタンジョウビオメデトウ

ジブンノスキナコトヲ
オモイッキリヤリナサイ
誕生日は生んでくれた母親に
感謝する日だと父に叱られても
お礼も言わないままだった

ケーキを前に
ロウソクの火を消すのもこの私で
私の誕生日のようで
母が祝ってくれているようで
長い八本と短い数本の火を
母に感謝して一息で消した

# 夏の風

体温調節がうまくできない母は
気温が上がると高熱を出す
パタパタパタと母をうちわで扇ぐ
「母さん！　また夏が来たよ」
と、またパタパタパタと扇ぐ

母が寝つくまで
パタパタパタとやっていると
こっちが汗だくになり
その姿はさながら職人が
鰻を焼く時のようになる
母は舌を出して眠っている

先に扇いでくれたのは母だった

蚊帳《かや》の中でうちわでゆったりと
むずかる幼い私が眠るまで
母はやさしい風を送ってくれた
その時の風です
お母さんお返しします

母が認知症になって二十数年
私にとっては入道雲《にゅうどうぐも》より
風鈴を揺らす夏の風より
母が眠るまで母を冷やすこの風が
いつの間にか夏の風物になった

# 紙おむつ

ポイントが五倍も付くというので
特売日に母の紙おむつを買った
この際にと欲が出て買い込みすぎた
この重さが母の残された命かもしれないと
重さをしっかり受け止めて
汗だくで歩いた

いつものように病院の棚に
母の紙おむつを積み足す
減った分を補い
煉瓦のように並べていく
アルツハイマーで縮んでいく
脳の隙間を埋め
母の命を必死に取り戻すように

手際よく紙おむつを並べる
このどの辺りかで母は死ぬかもしれない
棚いっぱいになった紙おむつを見つめた

母のおむつを替えた
使用済みの紙おむつは
黄色く鮮やかだった
臭く重くゆったりとしていた
母はまだしっかりと生きている
減っては積み足し
積み足しては減っていく
まるで月の満ち欠けのようだ

減った一つ分の紙おむつを積み足すと
母の病室の窓から月が見えた
明日にも消え入りそうな
受け月だった
せめて今日買った紙おむつが

棚の中にある間はと
受け月に願をかけて
病院を後にした

# 身体の記憶

母の身体を毎日のようにふく
この母の身体には
私の幼い頃の縮図が描かれている

もう歩くことを忘れた足が
母の身体からすっと伸びている
臆病な私はいつもこの足にしがみついた
もう抱きしめることを忘れた腕
その腕から分かれた五本の指は
指し示すことも握ることもしない
この手にどれだけ励まされ叱られ
抱きしめられたか
内緒でもらった家出の金も
この手が渡してくれた

赤ん坊の私が乳を吸う時
いつも触ってたのでちぎれそうだと
母がよく話した胸のホクロは
まだちぎれずにしっかりと残っている
病弱な私をこの背中に背負って
夜中、母は何度病院へかけたか
このヘソとつながって
この世界へ私は生まれてきた
母の口は何も語らないが
母のこの身体は私の幼い頃を雄弁に語る

着替えさせたパジャマやタオルを
毎日のように洗濯し
毎日のようにたたむ
おれは忙しいんだよと愚痴《ぐち》りながらも
せずにはいられない
母の身体には

# 私の幼い頃の縮図が眠っている

# 桜

目の前の春は一つでした
目の前の桜も一本でした
母が認知症になる前は

今、私には桜の花びらが
幾重にも重なって見えます
今年の桜の花びら
その奥に去年の桜
そのまた奥におととしの桜
その一番奥には
母が認知症になった二十数年前の桜
鮮やかにはらはらと
重なり重なり散っています

それらの春のどこかの桜の木の下で
ウロウロしている母に
「母さん、どこに行くとね?」って
聞いたことがありました
「お墓、お墓」と、母が言うと
「墓には一緒に入るよ、お母さん」
と、父は笑って言っていました

春になるとそんな父がふと
魂のような淡い色で
桜の枝に現れるのです
それまでどこに桜の樹があるのかさえ
すっかり忘れていたのに
だから、本当はこの季節が嫌いなんです
父が母を迎えに来ているようで
桜の花の下に連れて行くと
母は決まって虚空を見つめて
大声で叫ぶんです

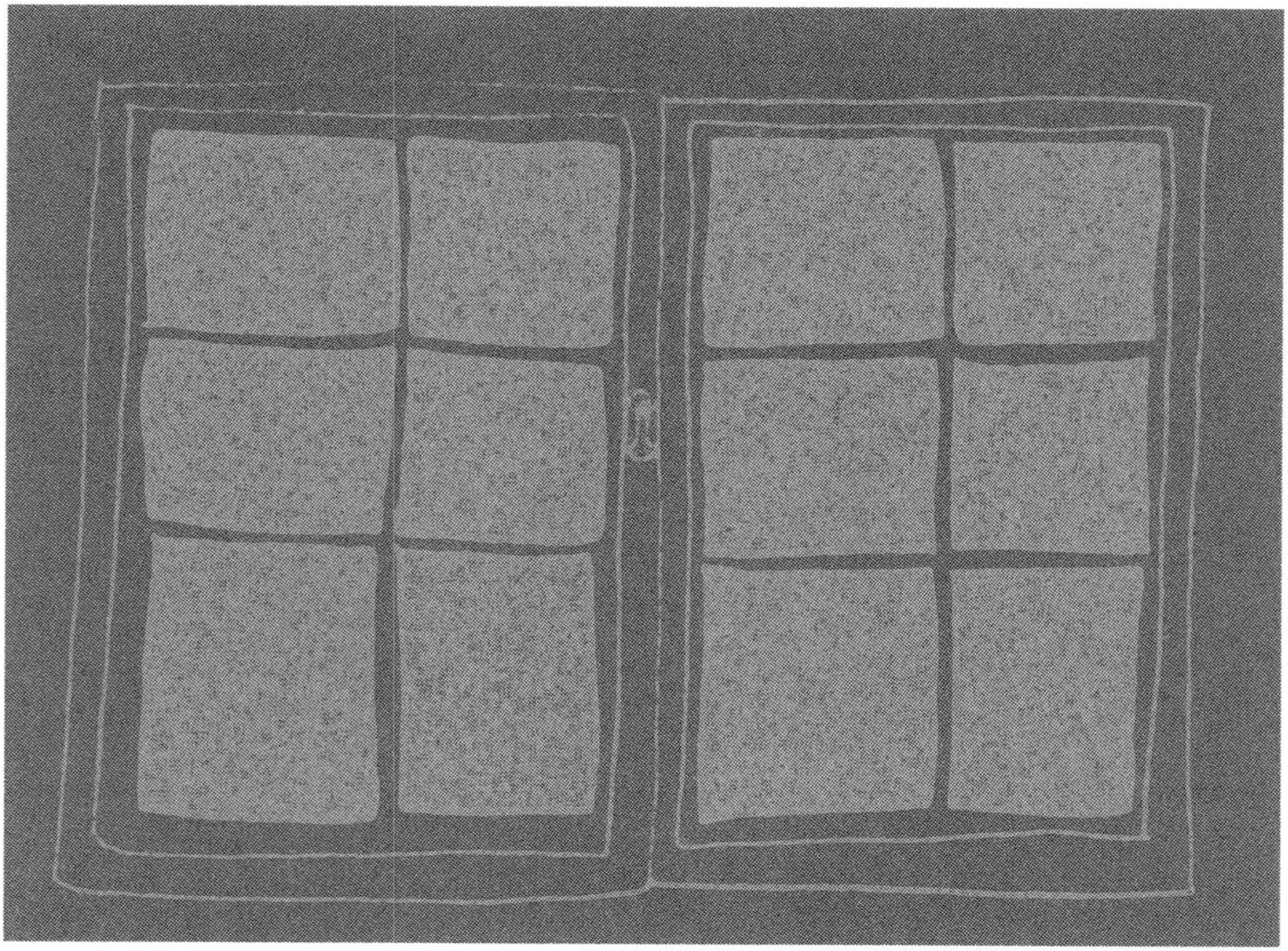

# 母の眼差し

母に朝会うときは
「おはようございます」と言う
昼に会うときは
「こんにちは」と言い
夜には
「こんばんは」と頭を下げ
寝るときには
「お休みなさい」を忘れない

正月には
「あけましておめでとうございます」
と正座して母に向かい
母は食事はしないけれど
母の箸を用意し

縁起の良さそうな袋に入れて
母の前に置く
母の雑煮《ぞうに》
母にお屠蘇《とそ》
何も分からないから
母に何もしないで良いとは思わない
何を言っても理解できないから
何を言っても許されるというものでもない

母が昔のままそのままの
認知症もどこにもない顔で
私を産み育てた母そのものの眼差しで
じっと私を見つめるときがある
残された者の良心を
母は試しているようにさえ
思えるときがある

# 第五章　死を見つめ生の豊かさを知った

母――八十歳
私――四十六歳

長崎に連れて来てしばらくしたら、
病気はいっきに進んでいった。
母は歩かなくなって、
車いすの生活が始まった。
飲み込むことも難しくなり、
胃瘻《いろう》を造設した。
アルツハイマー病で脳が大きく縮んだ。
息が止まることが多くなり、
緊急時に人工呼吸器をつけるかどうかを
医師に聞かれた。
肺炎と尿路感染で
高熱が出ることが多くなった。
母のベッドの横にじっと
座る毎日になった。
母の死が怖くて怖くてたまらなかった。

# 待つ

タンポポを空に舞い上がらせたいと
黄色いタンポポを吹いている幼い私に
「ゆっくりと待てる人だけ
　白いタンポポに出会えるのよ」
と、母が言ったことを覚えている

だから、私は待った
その母が認知症になった時も
母の食事が終わるのを
口から出てくる母の言葉を
私の言葉が母に届くのを
母がこの世界を理解する時間を
何かができるまでの母の時間を
苛立ち「なんで？　どうして？」と

繰り返しながらも私は待った

そして、白髪で真っ白にふくれあがり
一吹きすればすぐにでも
あの世へ飛び立たんばかりの
老いた母タンポポの綿毛にたどり着いた
せっかくこんなに立派な白いタンポポを
目の前にしているというのに
吹くこともできず
飛んでいってはいけないと
息をすることさえできないで
怯えながらまだまだ私は待っている

母タンポポの綿毛が風に揺れる
一つ二つ風に乗って舞い上がり
私の命にやさしく降り立つ
その種が芽吹き
私の命の中で深く深く根を張り

私の命になっていくのを
ゆっくりと私は待ちながら
静かに母の命をつないでいく
私はまだまだ待っている

# ただ月のように

ただ月のように
認知症の母の傍らに静かに佇む
何かをしているように
何にもしていないように
見つめているようで
見つめられているようで

ただ月のように
母の心に静かに耳を澄ます
聞いているように
聞かれているように
役に立っているようで
役に立っていないようで

ただ月のように
母の命を静かに受け止める
受け入れるように
受け入れられているように
愛しているようで
愛されているようで

ただ月のように
ただそれだけでいい
何かをするということではない
何かをしないということでもない
することとしないことの
ちょうど真ん中で
することとされることが交叉する
ただ月のように
ただそれだけでいい

# 胃瘻《いろう》

眠れず真夜中海へ行った。
海の臭いが鼻を突いた。
死んでいるのか生きているのか。
明か暗か。
不安なのか安心なのか。
希望なのか絶望なのか。
喜んでいるのか悲しんでいるのか。
ゼロなのか無限なのか。
愛なのか悪なのか。
黒なのか透明なのか。
真夜中の海はそんな臭いがした。

翌日、母の胃に穴を開けた。
母に無断で母の胃に穴を開けた

そこから直接胃へ食事を入れるために。
この管の奥には母の胃の中の暗闇が
真夜中の海のように
広がっているにちがいない。

母がしっかりと私の手を握って離さない。
今日から母の意志とは関係なく
母は生かされていく。
味わうこともなく
噛むこともなく
飲み込むこともない自分が
なぜ生きているのか？
そんな疑問も母にはわくはずもなく。

「母さん手術ご苦労さん。
今日から元気になって元に戻るぞ。」
自分で自分を励ますように
顔を寄せて母に声をかける。

「何言ってんだ。」と
母がゴポッとゲップをした。
口から臭う独特の臭い。
真夜中の海の臭いがした。

# 噛む

母の歯を磨いていたら
母が私の指を思いっきりかんで
なかなかはなさない
口をこじ開け
指をやっとのこと取り出した
私の指からでてくる血
私も母も生きている

私が痛がっていると
もう母は何もなかったかのように
居眠りをしている
何かおいしい物でも食べる夢を
見ているのか
母はむしゃむしゃむしゃと口を動かしている

もう何も食べない口が
むしゃむしゃむしゃと空気を噛み続ける

そして、時々目を開けては
あれ場所を間違えたかなあ
という顔をして、また眠る
向こう側の世界で
父と食事でもしているのだろうか

母は私の指を噛む
私がかつて母の一部であったことを
確かめるために
母は私を噛む
自分が母であることを
私に思い知らせるために
母は噛む
生きるためではなく
生きていることを

確かめるために

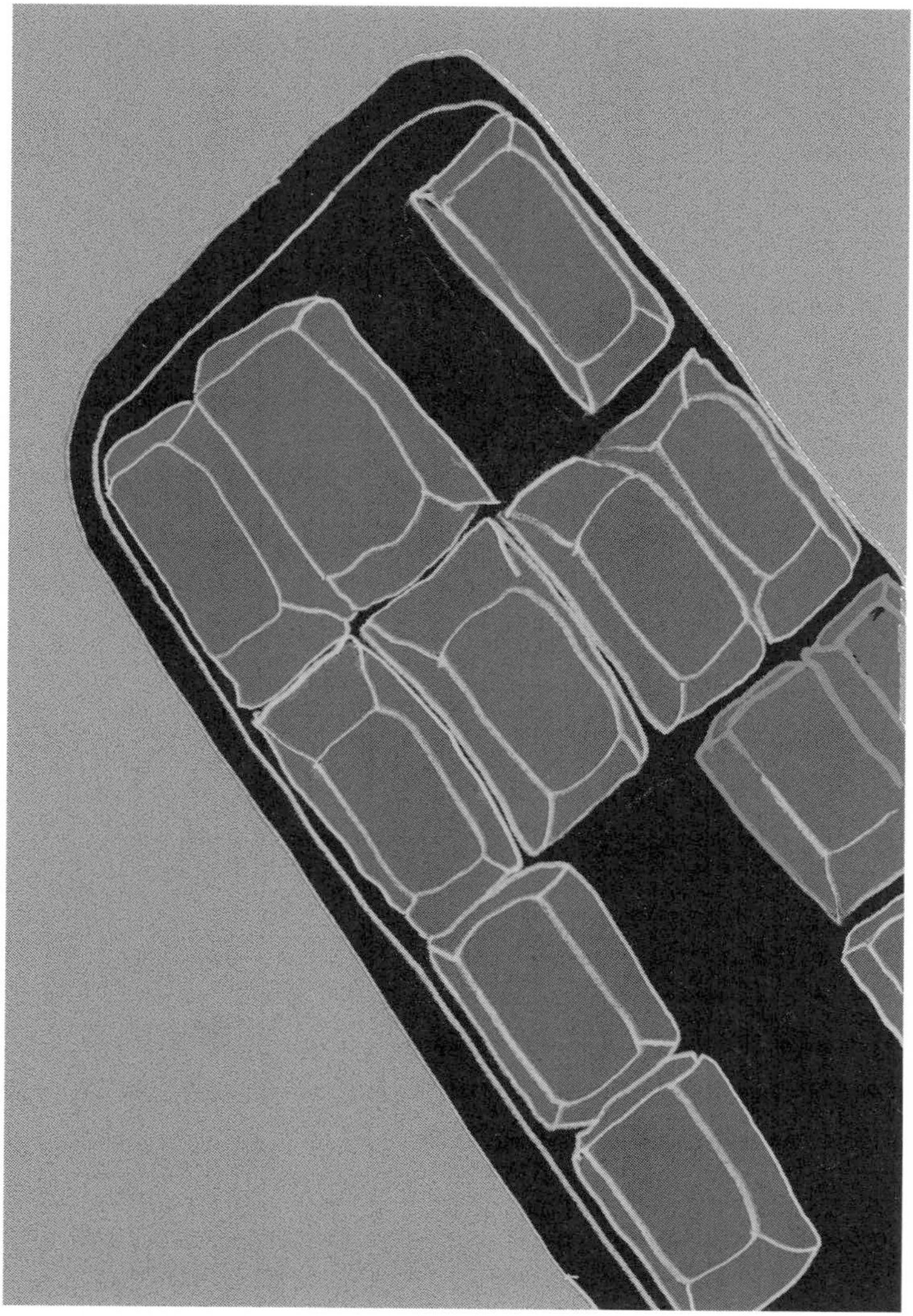

## ぺらぺら脳

舌根が落ち
息がうまくできない
苦しそうにしているかと思うと
今度は息をするのを
40秒もやめてしまう
そして、ふっと気がついて
激しい息をするや
脈拍が上がって
苦しそうにする
この繰り返し

MRI検査をした
母の大脳にはぽっかりと
大きな空洞ができていた

頭蓋骨と脳の間にも隙間があって
脳はぺらぺらだった
「こんな状態の脳を見るのは初めてだ」
と医師が言った
こんな状態で生きている母は
奇跡的だとも付け加えた
母にがんばれ！　がんばれ！
と、言えなくなってしまった

「母さん死んだらいかんんよ
　母さん行くなよ
　どこにも行くなよ」
と、母の手をしっかりと握ったけれど
もうすぐ母は死んだ父の所へ
行ってしまうんだろうなあ
母はぺらぺらな脳で
この世の私の相手をし
脳の中の大きな空洞で

あの世の父と遊んでいるにちがいない

また舌根が落ちた
息ができなくて
母はうつろな目をして
もがき苦しむ
「もうよかよ
もうよかよ
今までようがんばったよ
母さんはようがんばったよ」
自分を励ますように
自分を説得するように
何度も何度も
母の手を握り言う

# 双六

双六《すごろく》のように
病人にも順番があるらしい
軽い病状の人は
ナースステーションから一番遠い病室
そこから病状が重くなるごとに
ナースステーションに近づいていく
そして、一番重篤な人は
処置室という部屋に入る
母は処置室の一つ前の部屋に入っている

母に会いに行くと
昨日まで母のベッドの横の
おばあさんが処置室に入っていた
お母さんお母さんと何度も叫ぶ

女性の声が聞こえた
ある声はおばあちゃんと言い
ある者はおふくろと言い
ある声は姉さんと言って
別れを惜しんでいた

病気になるごとにサイコロを振って
死というゴールを前にして
母は出たり入ったりの繰り返し
ちょうどよい目が出ないまま
もう二十数年も経った

母さん本当はもう上がりたいんじゃないか?
半分壊死した肺で浅い呼吸を繰り返す
母の耳元で尋ねたら
藤川さんお待たせしました
次ですよと処置室の方から声が聞こえて
ハッと驚いたが

入浴の順番であった
母はストレッチャーに乗せられ
処置室の前をするりと
また通り抜けて風呂場へ向かった

# 本当のところ

胃瘻《いろう》から栄養を入れることができないので
高カロリー輸液を
母に中心静脈から入れるかどうか
医師に尋ねられた
「母はもうくたびれています
もうゆっくりさせたいので
入れないでください」
と、私は言って帰った
これが私の本当のところ

するとそう延命というわけでもないし
入れていいんじゃないかと
妻が言い
兄も

医者をしている兄の娘も
入れるのに一票を投じた
本当は私の一存で
母を殺していいのかと思っていたので
安心したというのも本当のところ

静脈から高カロリー輸液を入れて
元気になっても
この肺の状態では一、二ヶ月後肺炎になって
またこんな状態になるのは目に見えている
母を生かし続けるのに
罪のようなものを感じた
実はこれも本当のところなんだ

いつもは不携帯の私が
便所に入るときも
風呂に入るときも携帯して
夜中何度も何度も枕元の携帯電話を確かめる

母の死にびくびくするこんな日々が
まだ続くのかとも思った
「私はもうくたびれています
もうゆっくりしたいので
入れないでください」
と、私は言いたかったのかもしれない
これもまた本当のところ

# 返す

自分が死ぬわけでもないのに
何でこんなにつらいのだろうか
苦しそうな母を見ると
もう死なせてあげたいと思う
いやずっと生きていてほしいと願う
母の生を見守っていたいと思いながらも
母の死に目を背けたい気持ちになる

どちらが母は楽でしょうかと聞くと
「どちらを選んでも同じです
死ぬときは誰でも苦しむんです」
と、医師は答えた
「生まれてくるとき苦しんで
泣き叫んで生まれてくるのと同じです」

と、医師は付け加えた
あの世との行き来は大変だ

難産だったらしく
私は驚くほど大きな泣き声で
生まれてきたと母から聞いたことがある
男である私には分かるはずもないが
母の産みの苦しみは計り知れない

この大きな大きな
宇宙の子宮の中から
さあ今度は私が母さんを
あの世へお返ししますよ
こちらも難産らしく
母は驚くほど大きな泣き声をあげる
男である私にも分かる
母を返す苦しみも計り知れない

# 眼張る

がんばるとは
もともと「眼張る」と書くらしい
目を大きく見開いて見据えること

言葉のない母の傍らに
ただ何もしないで黙って座り
見開いた眼でしっかりと母を見つめる
見つめなければ分からない
かすかな母の動きがある
眼張らなければ聞こえてこない
小さな母のうなり声がある
言葉にならないむき出しの母の心
言葉になる前の言葉ではないもの

伝えあいたいのは言葉ではないはずだ
我々は見つめ合うことを忘れて
あまりにも言葉に頼りすぎてしまった

母を見つめていると
母の眼にも
この私がしっかりと映っていた
母さん、お互い眼張っているなあ
母の眼に映る自分自身が
しっかりと口を噤《つぐ》んでいるか確かめて
また、かっと目を見開き
母を見つめ直す

# 冬の花弁

緊急の時に人工呼吸器を
付けるかどうかを医師に聞かれた
母はこの二十数年この病気を抱えて
必死に生きてきましたから
ゆっくり休ませてあげたいと
格好のいいことを言って
直ぐに振り返り
先生やっぱり付けてくださいと
定食の味噌汁のように言って
直ぐにまた振り返って……
私はずっと迷い続けて

難しいことは一切
いつもこの私で

自分の命の判断さえも
母は私に押しつけて

病室へ行くと今日も
舌根が落ちて息を詰まらせ
母は必死にもがいていた
病室の窓から見える冬の花弁《かべん》
生死の区別などどこにもないように
散ってもなお鮮やかに
瑞々《みずみず》しく生きていた

# まだまだ

母の心臓はもう限界で
いつ止まってもおかしくない状態だ
と、医師から説明を受けた

そう聞いたのに、病室にもどると
「母さんもう精一杯か？
もう少しがんばってくれんね？」
と、母の耳元で言っている
私の涙が母のおでこを静かに伝って
タオルにしみこんでいった

母の隣に座ってリンゴをむいた
皮がむかれたリンゴは
言葉をなくした母のように静かだった

認知症で言葉を失って二十数年
私が言葉で問いかけ
いつも言葉ではないもので母は答えた
まだまだ生きていてくれ
何度も何度も心の中で繰り返しているうち
母のいない明日から
まだまだ
まだまだまだだ
母からの答えのように響く

「お前はすぐくじけるんだから
まだまだ
まだまだまだだ」
と許してくれなかった母の厳しい目を
鏡の中の自分自身の顔の中に見つけた

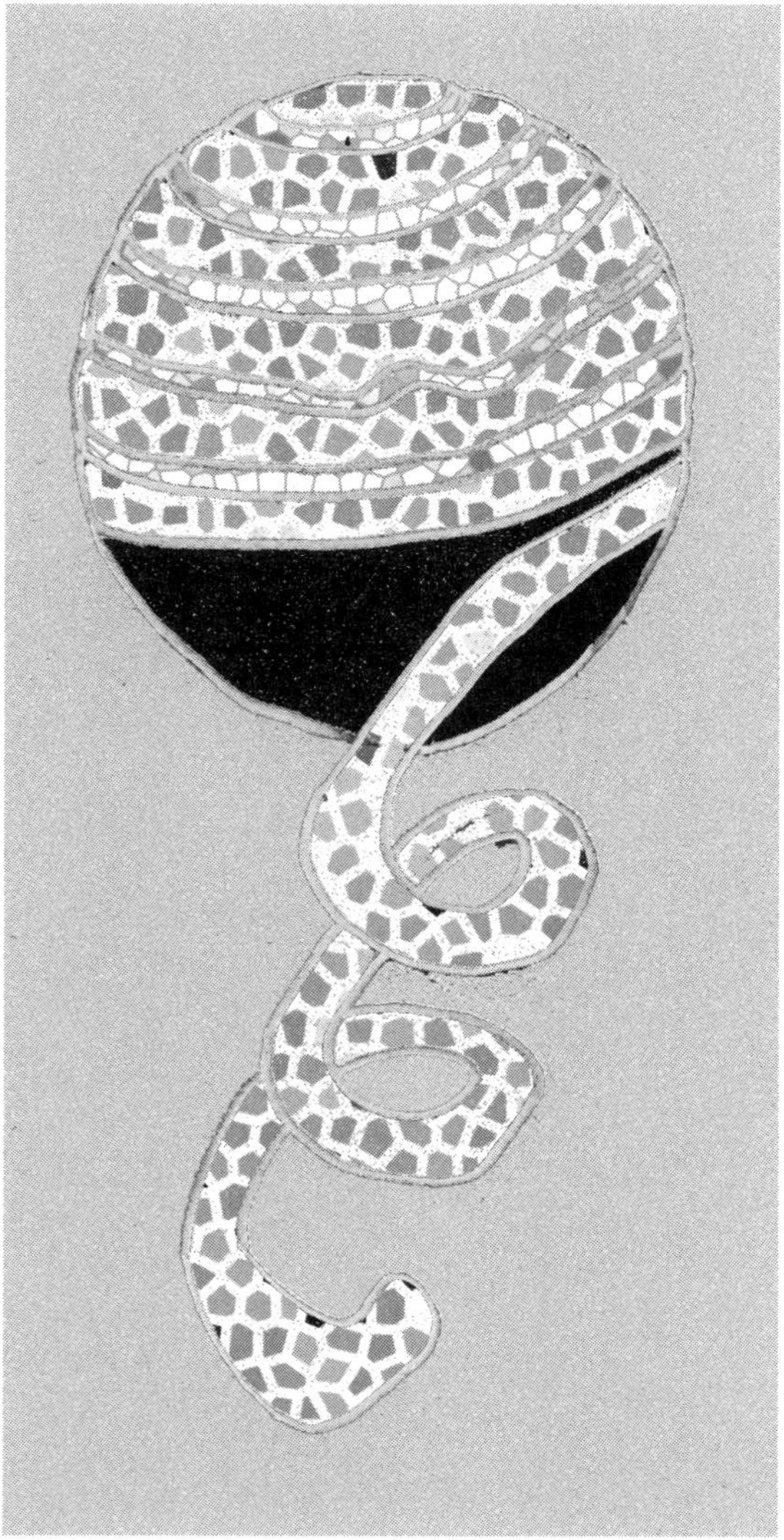

# 父の写真

母がもう危ないと
病院から電話があった
かけつけながら
認知症の母のことを頼まれた
父の遺言のことを思い出した
父が死んで十二年
父との約束はもうしっかりと
果たせたような気がする

こんなに苦しみながらも
命を繋いでいく母を見ていると
父は認知症の母とも約束を
交わしていたんじゃないかと思う
「お母さん

病気はきつかけど
もう少し頑張って
幸之助を一人前にしてくれんね」
と、こんな約束を

私もどうにか一人前になった
母さんも父さんとの約束が果たせただろう
あんなに仲のよかった
父さんの元へもう行けばいい
できれば母の命がつきるとき
最後に見つめるのが
この私であってほしい
そして、あの世で目を覚ましたとき
父が迎えに来てくれていればいい

母がもう危ないと
病院から電話があった
かけつけて

まず私がやったことは
父の顔を忘れていてはいけないと
母に父の写真を見せることだった

# 母に見えるもの

母にしか見えないものがあるらしい
また危篤だと病院に呼び出されて
その夜は母のベッドの横の
ソファーに寝た

焦点の合わない眼で
母は天井を右から左に
弧を描くように
ゆっくりと見つめていく
そして、最後には私ではなく
私の頭の後ろあたりに焦点を合わせて
じっと空《くう》を見つめる
父が迎えに来ているのだろうか
母と仲のよかった母の姉が

迎えに来ているのだろうか
それとも、幼くして死んだ姉が
お母さんと呼んでいるんだろうか

言葉が心の全てではないように
見えているものは
ただこの人生の氷山の一角
見えるものだけが全てではない
暗闇の中
ナースステーションから届く光で
生き生きと光る母の目玉が
私の見えないものを見つめて
行き来している

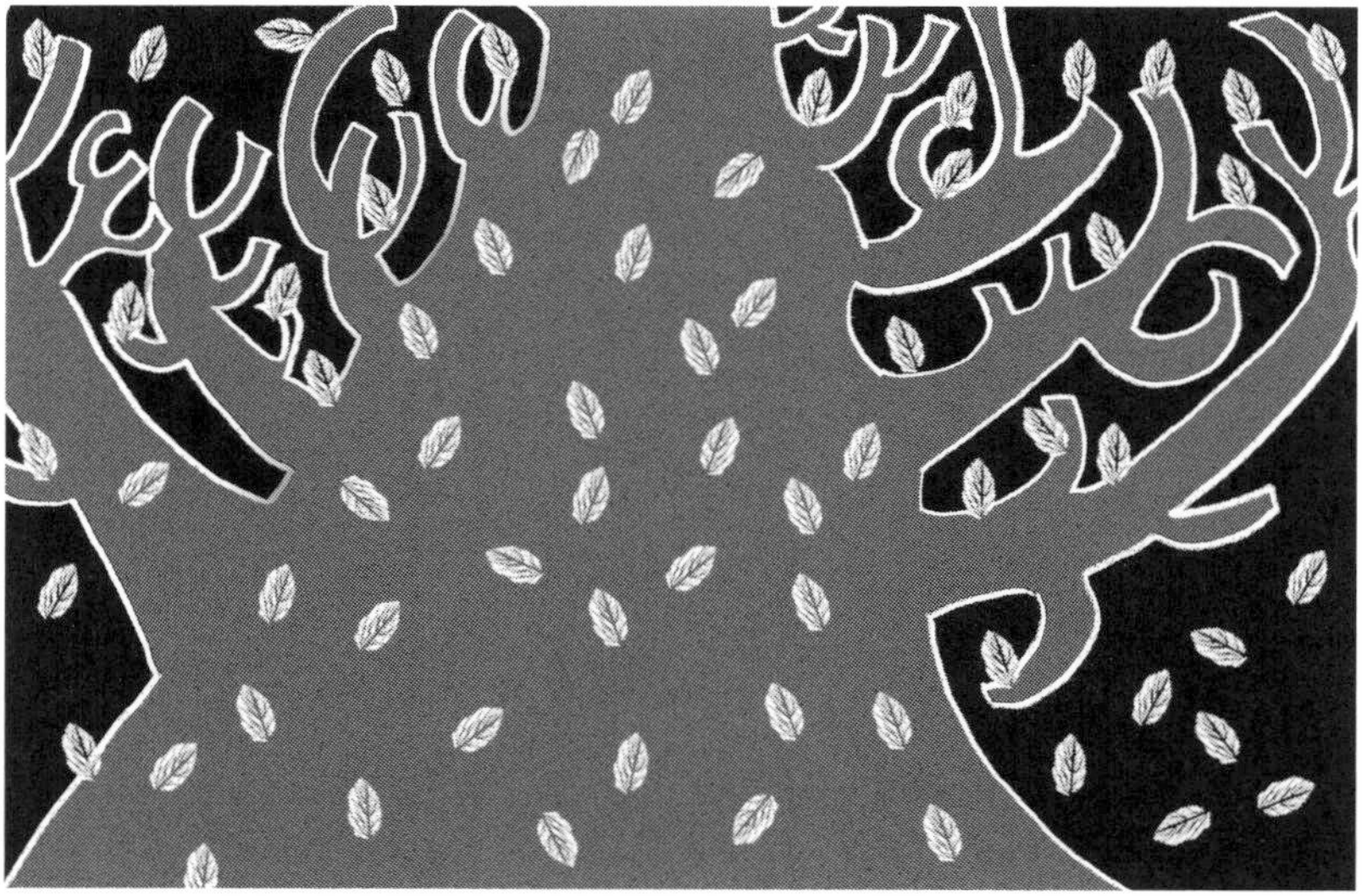

母——八十四歳

私——五十歳

講演先の山口へ向かっている新幹線の中で、母がなくなったことを聞いた。新幹線の中で涙を流してずっと泣いた。母との別れの悲しさだけではなかった。認知症になって二十数年、母も私も必死に頑張って、多くの人の手を借りながら二人で大きな仕事をやり遂げた思いがあった。「お母さんは持っている命を全て使い切ってなくなっていった。」と、最期を看取ってくれた妻が言った。

# さようなら

さようならは「左様なら」と書き
そうであるならばしょうがない
別れましょうという別れの言葉
そういえば今まで一度も母にさようならと
言ったことがなかった
行ってきますとか
元気でねとか
母さんまたねとか言って
母と別れてきた

母との最期の別れには
結局間に合わなかった
母は冷たくなっていた
なくなる前数ヵ月間の

母の苦しそうな顔とは打って変わって
ゆったりした顔だった
どこか笑っているようにも見えた

私は母を支え母は私を育て
一つの大きな仕事を成し遂げたような
父との約束を果たせたような
母の天寿を全うさせたような
あの世の父へ母を手渡せたような
何よりももう母は苦しまなくていい
涙は出たが悲しみではなかった

言葉がないのは
生きていたときと同じだったが
どれだけ母の手を握ろうとも
私の温みは伝わらなかった
どうやっても私のまなざしは
母に届かなかった

そうであるならばしょうがない
今度ばかりは「さようなら」

# 母の遺言

二十四年間母に付き合ってきたんだもの
最期ぐらいはと祈るように思っていたが
結局母の死に目には会えなかった
ドラマのように突然話しかけてくるとか
私を見つめて涙を流すとか
夢に現れるとかもなく
駆けつけると母は死んでいた

残ったものは母の亡骸《なきがら》一体
パジャマ三着
余った紙おむつ
歯ブラシとコップなど袋二袋分
もちろん何の遺言も
感謝の言葉もどこにもなかった

最期だけは立ち会えなかったけれど
老いていく母の姿も
母の死へ向かう姿も
死へ抗う母の姿も
必死に生きようとする母も
それを通した自分の姿も
全てつぶさに見つめて
母を私に刻んできた

死とはなくなってしまうことではない
死とはひとつになること
母の亡骸は母のものだが
母の死は残された私のものだ
母を刻んだ私をどう生きていくか
それが命を繋ぐということ
この私自身が母の遺言

# 私の中の母

母よ
認知症になって
あなたは歩かなくなった
しかし、私の歩く姿に
あなたはしっかりと生きている
母よ
あなたはもう喋らなくなった
しかし、私の声の中に
あなたはしっかりと生きている
母よ
あなたはもう考えなくなった
しかし、私の精神の中に
あなたはしっかりと生き続けている

私のこの身体も
私のこの声も
私のこの心も
私のこの喜びも
私のこの悲しみも
私のこの精神も
私のこの今も
私のあの過去も
私のあの未来も
この私の全ては
母よ
あなたを通って出てきたものだ

母よ
今
私は私の中に
あなたが生きていることが
とてもうれしいのだ

# 袋

母が入院したときに買った袋
その場しのぎで二百円で買ったが
母が亡くなるまで十六年も使った
母はよく高熱を出し
年に二、三度は入院した
その度ごとに今度だけでも
どうにか乗り越えてくれと祈り
取る物も取り敢えず
この袋に詰め込んで病院へ駆けつけた

母を認知症の施設に入れた時も
母の名をマジックで書き入れた
下着やパジャマ
タオルや日用品を詰め込んで

この袋を右手にもち
左手で母の手を握って
施設の門をくぐった

母は汗かきで
毎日のように洗濯物を持って帰り
洗ってたたんで入れてまた運んだ
母はベッドに寝て
夕刻私がこの袋を運ぶまで
じっと天井を見つめていると聞いた

いつの頃からか私は母を
「お袋」と呼んでいたが
この「袋」は子宮のことらしい
母が死んで病院から
母の物を持ち帰ったのも
この袋だった
入っていたこの私を独り残して

空っぽになった袋が
今は入れる物もなくじっとしている

# 俯瞰

母がなくなって
行かなくなった場所がある
母がなくなって
通らなくなった道がある
母がいなくなって
会わなくなった人たちがいる
母がなくなって
歌わなくなった歌もある

そして、母がいなくなって
毎日上るようになった坂もあって
上って見下ろすと
私の住むところも
母の入院していた病院も

すっかり俯瞰《ふかん》できるのだ

母が認知症になって
あんなに小さな箱と箱の間を
何度行ったり来たりしたことか
あんなに小さな箱の中の
小粒ほどの私の中の心の中に
いろんな思いを抱えて
いく筋もの感情が吹き出して
悩み、苛立ち、落ち込み、
泣いて、時にはホッとして

「俯瞰」という言葉を
教えてくれたのも母だった
鳥のように高いところから見ると
見えないものもしっかりと見えるのよと
今日も丘に上り見下ろす
この私よりもっと高くに上って

母さん、何が見えますか？
どんなことが分かりますか？

# 道

何度も転んだ
何度も立ち上がった
そのたびごとに地団駄《じだんだ》踏んで
踏み固めてきた私の道は
あの山を越え
私はまだ見たこともない私に出会い
あの海に行き着き
人の悲しみの深さを知った

顔に当たる風の強さで感じるのだ
血のにじむ膝《ひざ》の痛みで感じるのだ
立ち上がり歩み出す私の一歩が
転ぶごとに力強く大きくなっていることを
あの悲しみから踏み出したその一歩が

この喜びへつながっていることを

私をつまずかせた石ころの中に
転んだ私の心の中に
私の明るい未来は潜んでいる
何度も何度も立ち上がり
大粒の汗をしみ込ませて
道が私の道になっていく

# エピローグ

私——五十七歳

今から二十三年前、父の遺言は白い封筒に入っていた。白い封筒には「藤川幸之助様」と表書きがあって裏には「父」とだけ書いてあった。その白い封筒を開けた時、幼い頃に父と交わした約束のことを思い出した。

森永の四角いビスケットを初めて食べた次の朝、私はそのビスケットを保育園に持っていきたいと泣きわめいた。父は一枚のビスケットを白い紙で丁寧に四角く包み、後ろをセロファンテープでしっかりととめた。そして、「お守り」と表書きをして、「おとうさん」と裏に書いた。「甘やかすとだめよ」と母は反対したが、「この子なら大丈夫だ」と父は言ったと、後々になってから母から聞いた。

「ビスケットを持っていきなさい。でも、決して食べちゃだめだ。

お守りは中を開けたら、神様がお願いを聞いてくれなくなる。このお守りの中を開けずに持って帰ってこられたら、きっと良いことがあるよ。」と父が甘い匂いのお守りを渡してくれた。私は決して開けなかった。どんなに食べたくても決して開けなかった。家に帰ると父はお守りを開けて、中のビスケットともう一枚ビスケットを手渡してくれた。父との約束を守って良かったと思った。父の遺言入りの白い封筒を開けた時、この幼い頃の父との約束を思い出したのだ。

幼い時は父は開くなと言った。そのくせ死んだら遺書は開かせ、開いてみると何一つ良いことはなかった。あの時白い封筒を開けずに破り捨てていたら認知症の母の介護でこんなに大変な思いをせずに済んだかもしれない。しかし、親の誕生日も知らず、自分のことばかり考え親のことを顧みない私のような者は「この子なら大丈夫だ」という父の言葉や母の日記の中の「あの子はやさしい子だから大丈夫、大丈夫」という母の言葉にも一生出会うことはなかったように思う。いや出会ったとしても気にとめもしなかっただろう。

不本意ながらも父の遺志をつぎ、苛立ちながらも折り合いを付け認知症の母を少しずつ受け入れていく中で、すっかり忘れていた幼い頃の父母との思い出が私の頭の中でゆっくりほどけていくのを感じた。そして、私は父や母に愛されていたことに気がついていった。母の介護の体験は一見すると苦しみや悲しみ、苛立ち、怒りの姿をしていたが、今振り返ってよく見てみるとその体験の一つ一つが父や母との絆の結び直しをしてくれていたように思うのだ。

二十四年間認知症の母の命に向き合い、この絆の結び直しをする中で、なんと多くの問いを自分自身に投げかけてきたことか。親とは何か？　人を愛するとは何か？　生きるとは何か？　死とは？　苦しみとは？　悲しみとは？　これは、私に対する「人生からの問い」でもあった。その問いに一つ一つ自分なりに答えを出してきた。そして、その答えの一つ一つが、私の人生の次の一歩一歩につながっていった。母の命に向き合い、その一歩一歩を辿りながら、なんと多くのことを学んだことか。それまで、意に染まないことがあると、私はいつも逃げてばかりいた。しかし、受け入れ引き受けることで見えてくる道もあることを知った。「この子なら大丈夫だ」という父の言葉が私を生かし、「あの子はやさしい子だから大丈夫、大丈夫」という母の言葉が私を育ててくれた。二人の言葉は過去の言葉だが、私を励ますように未来のどこか遠くから響いてくる。

どんなに苦しく辛く悲しいことがあって海面《うなも》が立ち騒ぎ逆巻《さかま》こうとも、自分の器に満々と自分自身を湛《たた》え、また静かに光り輝く海の姿が私は好きだ。認知症の母と向き合い、人知れず悲しみ、誰にも言えない不安を抱え、行き場のない怒りに震えながらも、淡々と生き抜いた父の姿と重なるからだろうか。言葉もなく、静かに私を見つめ、存在するだけで私を育て続けた認知症の母の姿と重なるからだろうか。

「おまえの人生は不幸だなあ」と言われたことがあった。母が認知症になり、介護を引き受け、めまぐるしくいろんな出来事が私のまわりに起こったからだろう。確かに、辛く悲しい思いもいっぱいした。でも、それは不幸ではなく、私の人生そのものなのだ。重荷を背負い歩くのは、骨が折れる。しかし、自らの人生を受け入れ、引き受け、悲しみも喜びも自分の中に浮かべながら、海のように自分の器に自分の人生を満々と湛え生きていきたいと私は思うようになったのだ。これも認知症の母と母を支え続けた父のおかげなのである。

この詩集は決して立派な介護体験を書いたものでも、参考になるような成功体験談でもない。親の介護をがんばってくださいと言うつもりも毛頭《もうとう》ない。ただ、人それぞれ仕事も自分の親との関係も千差万別だ。だから、「自分の親が、大切な人が認知症になった時、自分ならどうするだろうか?」という問いを自らに投げかけ、自分自身の人生を見つめながら、この詩集の一篇一篇の詩を読んでいただきたい。

そして、どんな悲しみや苦しみの中にあっても、人は決して一人で生きているのではないこと、人は皆、誰かを支え、誰かに支えられ、様々な関係性の中で生かされていることを忘れないでほしい。この詩集がその一助になれば幸いである。

この詩集に携わってくださった方々に感謝を述べたいと思います。谷川俊太郎さん、あなたに憧れて詩を書き始め、こんぐらかった道をあなたを追ってきて、今この詩集にやっとたどり着きましたが、まだまだあなたの背中は見えません。素晴らしい帯文をありがとうございます。石《いし》間《ま》淳《きよし》さん、あなたのすばらしい装幀で私の題字と装画に命を吹き込んでいただきました。ありがとうございます。小森俊司さん、私の詩一篇一篇を大切にして、私のわがままを全て受け入れながら優れた編集のアイデアで詩集を編《あ》んでくださいました。感謝しています。浅倉広太郎さん、月刊『致知』の私のことを書いたあなたの一字千金が、この詩集への道を開いてくれました。ありがとうございます。道《みち》家《いえ》真《ま》寿《す》美《み》さん、ある駅で私の講演ポスターに気づいてくれたことが、この詩集への道の始まりでした。再会に感謝しています。致知出版社長・藤尾秀昭さん、陰になり日向になりあたたかく意義深いアドバイスをありがとうございました。最後に、痛みと喜びを分かち合い母の最期を看取ってくれた妻・節子に、本書を捧げます。

令和二年二月

藤川幸之助

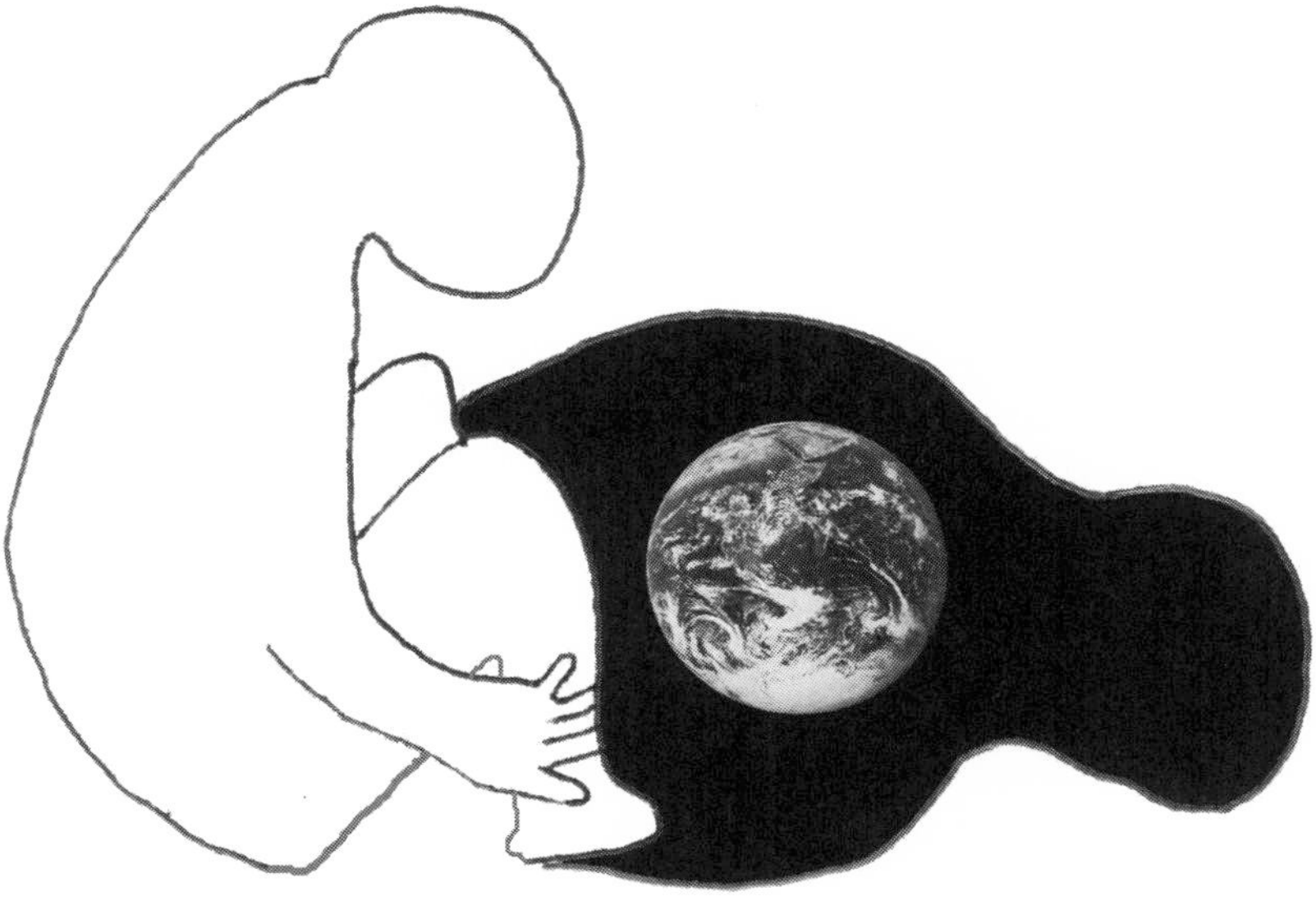

# 私というもの

認知症の母の姿を
見つめていたようで
実のところ私はずっと
自分自身の姿を
見つめていたのだ
同じ一つの大きなものを
違う側面から見つめるように
私というものが
母の姿をして
私の前に生き続けていたのである

〈著者略歴〉

藤川幸之助（ふじかわ・こうのすけ）

1962年、熊本県生まれ。長崎大学教育学部大学院修士課程修了。詩人・児童文学作家。日本児童文学者協会会員。高校時代、谷川俊太郎氏の詩集に感銘を受け、詩作を始める。長崎県の小学校教員として生計を立てながら、深夜から明け方までひたすら詩を書く日々を送る。26歳の時、母親がアルツハイマー型認知症になる。父の死後、その遺言により母の介護を本格的に始めることに。24年間に及ぶ壮絶な介護体験をもとに、命や認知症を題材にした作品を発表。また、認知症への理解を深めるため全国各地で講演活動を行っており、多くの感動を呼んでいる。

NBC長崎放送制作のラジオ番組「マザー・詩人藤川幸之助が綴った母との瞬間」が平成16年度民間放送連盟賞最優秀賞受賞、文化庁芸術祭参加作品に。近年、NHK Eテレ『ハートネットTV選』、『朝日新聞』天声人語欄にて活動が紹介されるなど、ますます注目が高まっている。

著書は『満月の夜、母を施設に置いて』（中央法規）、『マザー』（ポプラ社）、『徘徊と笑うなかれ』（中央法規）『まなざしかいご』（中央法規）、絵本『大好きだよ キヨちゃん。』（クリエイツかもがわ）など多数。本書は初の自選詩集となる。

藤川幸之助 web
http://www.k-fujikawa.net/

自選　藤川幸之助詩集
「支える側が支えられ　生かされていく」

令和二年 三 月三十日第一刷発行

著　者　藤川　幸之助
発行者　藤尾　秀昭
発行所　致知出版社
〒150-0001 東京都渋谷区神宮前四の二十四の九
TEL（〇三）三七九六—二一一一
印刷・製本　中央精版印刷
落丁・乱丁はお取替え致します。　（検印廃止）

ISBN978-4-8009-1227-5 C0095
ホームページ　https://www.chichi.co.jp
Eメール　books@chichi.co.jp